桜のような僕の恋人

宇山佳佑

集英社文庫

目次

本書は、集英社文庫のために書き下ろされた作品です。

本文デザイン／柳瀬向日葵（テラエンジン）

桜のような僕の恋人

桜を見ると思い出す。
どれだけ時間が流れても、やっぱりどうしようもなく君を想ってしまうんだ。
美咲、僕はなにもしてあげられなかったね。
その苦しみに気付くことも、悲しみから救うことも、なにもできなかったんだ。
いや、それだけじゃない。
僕は君を傷つけてしまった。
あの日、僕の背中を見て、君はなにを思っていたんだろう。
そのことを考えると今もたまらない気持ちになるよ。
でも、いくら後悔しても遅いよね。
だって君はもう、この春の中にはいないんだから。
僕がこれからできることといえば、君を忘れずに生きていく、それだけなんだ。
だから美咲、僕はこれからも桜を見るたび思い出すよ。
ほんのわずかな間しか美しく咲くことのできなかった……

桜のような恋人の君を。

第一章　春

小気味よい一定のリズムを刻み、ハサミが朝倉晴人《あさくらはると》の髪の毛を丁寧に切り揃《そろ》えていく。背後に立つ美容師が慣れた手つきで指先に髪を挟むと、晴人の心臓はドクンと脈打つ。全身が真夏の太陽のように熱くなり、手がじんわりと汗ばむのを感じる。晴人はカットケープの下で掌《てのひら》をジーンズにこすって汗を拭うと、気付かれないよう鏡越しに彼女を見つめた。

ゆるくカールのかかった色素の薄い髪、ラフなボーダーのトップス、猫を思わせる愛らしい丸顔。集中すると少しだけ唇を尖《とが》らせるのが癖のようだ。

――有明美咲《ありあけみさき》。晴人が恋する彼女の名前だ。

店内に淡く流れるビートルズの『アイ・ウィル』を聞きながら、晴人は焼きすぎた餅のように顔をとろけさせる。

やっぱり今日も有明さんは可愛《かわい》すぎる。一体どんな遺伝子を配合したらこんな可愛い子が生まれるのだろうか？　彼女のお父さんとお母さんに感謝申し上げたい気分だ。

不意に美咲が鏡越しにこちらを見た。その途端、ロケットのように椅子から飛び上がりそうになる。

し、しまった！　ガン見してるのがバレてしまった！

しかし美咲は「どうしました？」と首をかしげる。どうやら晴人の熱い視線には気付いていないようだ。

「なんでもないです。ははは……」晴人は大げさに笑った。

落ち着け、落ち着くんだ。僕は今日大いなる目的を持ってこの美容室にやって来た。これは遊びじゃない。一世一代の大勝負だ。

窓の外に目をやると、美容室の前には小さな車道があり、その向こうに桜が見える。少し右に傾いた不格好な桜の木。春の麗《うら》らかな日差しの中、満開の花が心地よさそうに咲いている。優しい春風にいざなわれ花びらが空へと高く舞い上がる光景は、窓越しに見ると一枚の写真のように美しい。しかし普段なら心和むその景色も今の晴人にとってはプレッシャー以外のなにものでもなかった。

今週末が桜のピークだ。それを過ぎれば桜はすぐに散ってしまう。もう時間がない。今日こそは、絶対に、有明さんをお花見デートに誘うんだ！

店内のBGMがビートルズの『シー・ラヴズ・ユー』に変わった。まるで僕への応援歌のようだ。ありがとう、ジョン、ポール、それからあとの二人。

作戦はすでに決めてある。何気ない会話から桜の話題を振るのだ。

「好きなスイーツってなんですか？」「プリンかなぁ」「僕は桜餅！　桜？　いやぁー桜

の季節ですね。でも今週がピークらしいですよ。来週から雨だもんなぁ～。あ！　もしよかったら一緒に桜を見に行きませんか!?」

これだ、これしかない。こんなにもナチュラルかつスタイリッシュな誘い方はない。よし、行くぞ……い、いや、待て！　桜餅から桜への流れが若干強引すぎやしないか？　そうだな、ここは「桜の季節ですね」からはじめよう。

身体《からだ》の隅々から勇気をかき集めて口を開こうとするが、あまりの緊張で固まったまま動けない。切られた髪が床に落ちるたび、砂時計の砂が落ちていくようで尻がそわそわする。晴人はきゅっと目を瞑《つむ》って無理矢理口をこじ開けた。

「……さ、さく、さく……さく……さく……さく……」
ダ、ダメだぁ！　桜って言葉が出てこない！　これじゃあハサミの音を口真似してる頭のおかしな奴《やつ》だ！　時間がない！　誘え！　勇気を出せ朝倉晴人！
「最近はお忙しいんですか？」

先に口を開いたのは美咲だった。

「え!?　あ、いや」突然のことに口ごもってしまう。

「でも、プロのカメラマンなんてすごいですよね！　しかも賞を獲《と》って独立して頑張ってるだなんて。朝倉さんってまだ二十四歳でしたよね？」

「はい、まぁ……」

「へぇ～。いっこしか違わないのにすごいなぁ～。わたしも頑張らないと。ちなみに今はどんな写真撮られてるんですか？　あ、春だからやっぱり桜とか？」

桜!?　チャンスだ！　下っ腹に力を込めて勢いよく振り返った。

「桜の季節ですね！　もしよければ一緒に桜を――」

――サクッ。ハサミが鋭い音を立てた。

手を止めた美咲は信じられないほど青ざめている。

どうしたんだ？　あ、もしかして髪の毛切りすぎちゃった？　全然いいのにぃ！

すると、ハサミの先が鮮血で染まっていることに気付いた。

「あれ？　ハサミに血がついてますよ？」

次の瞬間、隣の席にいた女性客がこちらを見てホラー映画のような悲鳴を上げた。それを合図に騒然となる店内。男性店員が「タオル持ってこい！」「救急車！」と叫ぶ。

晴人は訳が分からず小首をかしげる。一体なにがあったんだろう？

「ごめんなさい……」

か細い声に振り返ると、美咲は無表情のまま涙を流していた。

ど、ど、どうして泣いてるんですか!?　まさか、お花見デートが泣くほど嫌だったってこと!?　うわ、こっちまで泣きそうだ！

「どうして謝るんですか？」引きつった笑顔で恐る恐る訊《たず》ねると、彼女は震える指で床をさした。そこには、血まみれの耳たぶが落ちていた。

あ、耳たぶだ。でもこれ、誰の耳たぶ？

それは晴人の耳たぶだった。

鏡に映った血まみれの左耳を見て椅子から転げ落ちる。

「うわぁ――――！　僕の耳たぶがぁ――――!!」

気付けば、店内のＢＧＭはビートルズの『ヘルプ！』に変わっていた。


まさかこんなことになるなんて……。

救急車の中、晴人はストレッチャーに横たわりながら申し訳なく目を閉じた。そして瞼《まぶた》の裏で美咲を想った。

彼女と出逢《であ》ったのは、ありふれた夏の終わりの午後のことだ。

高校野球も終わり毎日の楽しみを失った晴人は、汚らしいほど伸びた髪をなんとかしようと下北沢へと足を伸ばした。いつも通っていたカット二千円の激安美容室が閉店したので、新しく店を探さなくてはならなかったのだ。下北沢は行動範囲外だがヴィレッジヴァンガードで『おにぎりみたいな猫・ツナ彦』という写真集を買う用事もあったし、「安くて良さげな美容室があれば」くらいのノリで買ったばかりのマットブラックカラーのマウンテンバイクを走らせた。

美容室・ペニーレインは下北沢の駅から少し離れた住宅地の一角にあった。汚れひとつない白い外壁が印象的で、店のドアハンドルには少し鼻につくオシャレ文字で書かれた『*Penny Lane*』という看板が誇らしげに揺れていた。

正直この手の〝スカした店〟は好きじゃない。オシャレサロン感を前面に押し出す店にロクな美容室はない。どうせチャラついた美容師どもの巣窟のようなところだろう。やっぱり地元の理容室に行こう。顔剃《そ》り含めて四千円だし。そんな偏見を抱いていたが、店先の黒板に『初回の方、カット三千円！』という文字を見つけて足が止まった。

気に入らないけど、まぁ安いし、とりあえず今回だけは切ってもらおうかな……。

こげ茶色の重い木製の扉を開けるとビートルズの『ヒア・カムズ・ザ・サン』が流れていて、受付カウンターではいかにも遊んでそうな黒縁眼鏡《めがね》の店長と思《おぼ》しき男が難しい顔で電卓を叩《たた》いていた。店内はそれほど広くなく、椅子が四つにシャンプー台がひとつ。店員二人が忙しそうに駆け回っている。金髪とツーブロックのチャラついた若い男だ。

晴人はそんな美容師たちを一瞥《いちべつ》して「やっぱりクソチャラい美容室か」と鼻で笑った。

そしてソファに座りカウンセリングシートに必要事項を記入していると――、

「本日担当します、有明です」

柔らかな声に顔を上げたその瞬間、晴人はたった一目で恋に落ちた。

人はよく恋に落ちる瞬間のことを『雷に打たれる』と言うが、晴人の場合、雷どころの騒ぎではなかった。道を歩いていたら雷神と出くわして追い回されるくらいの衝撃だった。

美咲は年季の入ったシザーケースを腰からぶら下げ、黒目がちの大きな瞳をこちらに向けてにっこりと微笑《ほほえ》んでいる。その姿は文字通り輝いて見えた。

偶然立ち寄った美容室でこんな出逢いがあるなんて。もしかしたらこれはおにぎりみたいな猫・ツナ彦が僕にくれた贈り物……あ！　慌てて自身の服に目を落とした。

しまったぁ――――！　なんでこんなときに限ってダサいTシャツを着てきてしまったんだ！　胸にでっかく『Endless Summer』って書いてある！　どんだけ夏気分なの？って思われちゃうよ！

晴人は額に滲《にじ》む汗を手の甲で必死に拭った。落ち着け、落ち着くんだ！　汗かきすぎだ！　止まるんだ汗！　この人、氷でできてるのかしら？　って思われちゃうぞ！

しかし美咲はそんなことを微塵《みじん》も感じさせない笑顔で「こちらへどうぞ」とスタイリングチェアへ案内してくれた。

髪を切られている最中、晴人はずっと美咲に見惚《みと》れていた。

年はいくつなんだろう？　下北沢に住んでいるのかな？　彼氏はいるのだろうか？

絶対いるよなぁ。だって可愛いもん。やっぱ同僚かなぁ。あのチャラい眼鏡の人だったら不条理にもほどが……ん？　眉をひそめた。鏡越しの彼女はどこか緊張しているように見える。すると美咲はその視線に気付いたようで「わたし初めてなんです。お客さん担当するの」と重大な秘密を打ち明けるようにそっと呟《つぶや》いた。

「あ、でもカットモデルさんの髪は何度も切ってるんで大丈夫ですよ！　でもちょっと緊張しちゃって。もし気になるところがあったらなんでも言ってくださいね」

構いません！　あなたにだったらハリケーンが通った後みたいにメチャメチャにされても大丈夫です！　むしろメチャメチャにされてしまいたい！　そう思うほど、申し訳なさそうにする美咲は愛らしかった。

とはいえ、不安げだったわりに出来上がったカットはなかなかのものだった。贔屓目《ひいきめ》もあるし、いつも切ってくれていた激安店の店主が手の震えた老人だったこともある。だから晴人は彼女が作ってくれた新しい髪型に大変満足した。

「あ、ありがとうございます。すごくさっぱりしたし、なんていうか、ちょっとだけ格好良くなった気がします。ははは……」

もう少し気の利いたことが言えないのか僕は。自分の語彙《ごい》の少なさに落ち込んだが、彼女は「よかったぁ！」と笑ってくれた。その笑顔はことさらに可愛かった。

それからというもの、晴人は月に一度彼女に会いたくて美容室・ペニーレインを訪れるようになった。最初はぽつぽつと話すだけだったけれど、回数を重ねるごとに少しずつ会話も増えていった。ちなみに、なんと恋人はいないらしい。それを知った日は嬉《うれ》しすぎて下北沢の立ち飲み屋でハイボールを一人で八杯も飲んでしまった。

店員目当てでカットに行くなんて不純かもしれない。それでも晴人にとって美咲と過ごすひと時はかけがえのない時間となった。人生唯一の楽しみと言っても過言ではない。彼女が映画の話をすれば次会うまでにその映画を観て、手荒れが気になると聞けばネットで調べて漢方が効くことを教えてあげた。

でも、いつか彼女に恋人ができてしまうんじゃないかという恐怖は、常に心の奥で獣のように牙を剝《む》いていた。だからこそ早くデートに誘わなければ……。

その焦りが今日の失敗を引き起こしたのだった。

晴人は新宿にある慶明《けいめい》大学病院に搬送された。

身体から切り離された耳たぶを見た救命医が「ちゃっちゃと縫いましょうねー」と愛想ない口調で言う。雑巾を縫うのとはわけが違うんだけどなぁと思いながら、なされるがまま耳たぶを縫い付けられた。麻酔のおかげで痛みはなかったけれど、胸はチクチクと痛んだ。

有明さんを泣かしてしまった。あのとき急に振り返ったりしたからだ……。

耳たぶは無事にくっついた。一週間後に抜糸をするからまた来てくださいと言われ、処方された痛み止めを手に夜間通用口へ向かう。足は石のように重かった。

夜の病院のロビーは恐ろしいほど静かで晴人の他に人の姿はない。包帯が巻かれた左耳は麻酔のせいでまだ違和感がある。晴人は立ち止まって壁にもたれたまま頭をコツコツとぶつけ、かれこれ数十回目のため息を漏らした。静寂に包まれた廊下に悲しいため息が大げさに響く。

終わりだ。なにもかも終わりだ。もうデートに誘う勇気なんてない。そして来週になれば桜は徐々に散ってしまう。僕の恋も桜のように終わって――、

「あの！」

自動ドアの前に息を切らした美咲が立っている。晴人はびっくりして背筋を伸ばす。

彼女は駆け足でやって来ると、包帯が巻かれた左耳を見て泣きそうになった。

「すみませんでした！　これ、店長からです！」そう言って下北沢で有名なクッキー屋の紙袋を差し出す。店長に相当怒られたのだろう。泣き腫らした瞼が痛々しい。

晴人は顔の前で掌を広げて「気にしないでください」と苦笑いを浮かべる。「急に振り返った僕がいけないんですから」

「そんなことありません！　わたしがいけないんです！」

「本当に大丈夫ですから……」

「治療費お支払いします！　金額教えてください！」

「気にしないでください！」

「気にします！　払わせてください！」

そんな押し問答を繰り返すうちに、美咲は感情がこみ上げたのか涙声に変わり、ずずっと勢いよく洟《はな》をすすった。

「耳たぶ……もしくっつかなかったら……そのときはわたしの耳たぶあげます！　本当にごめんなさい！」

そりゃ、あなたの耳たぶはものすごく欲しいですよ。喉から手が出てその耳たぶに触っちゃうくらいに。でもな、謝られると申し訳ない気持ちになる……。

「そんなに気を遣わないで――」

「なんでも言ってください！」

「え？」

「わたしにできることがあれば、なんでも！」

「な、なんでも？」

「はい！　なんでもします！」

なんでもか……。その瞬間〝ある考え〟が過《よぎ》った。もちろんフェアじゃないことは分かってる。でも――、

「じゃあ……」

震える口元に力を込めて深呼吸をひとつした。そして、

「僕とデートしてください！」

しんと静まり返る廊下。美咲はぽかんと口を開けたまま固まっている。そんな彼女を見て、言ったそばから後悔した。そりゃそうだ、まさかデートに誘われるなんて考えもしないよな。タイミングは最悪。でも一度口をついて出た言葉はもう引っ込められない。

「さ、桜の季節ですし……その……一緒に――」

晴人はまっすぐ美咲を見つめた。

「僕と一緒に桜を見に行きませんか!?」

美咲は言葉の意味を理解したようで、大慌てで視線を逸《そ》らすと、頭を整理するように細い指先で唇を何度か撫《な》でた。その姿は断りの言葉を探しているように見える。

やっぱりダメだよなぁ。ああもう、変なこと言わなきゃよかった……。

晴人は情けなく肩を落として諦めかけたが、

「分かりました」

「え？」信じられず絶句した。それから異国の人に話しかけるようにゆっくりとした口調で「それは、デート、ＯＫ、ということでしょうか？」と訊ねてみた。

美咲はややあってこくりと頷《うなず》く。

「ほ、ほ、本当ですか!?」晴人の顔にみるみる笑みが広がる。

やった！　有明さんとデートができる！　耳たぶを切り落とした甲斐《かい》があった！

あまりの嬉しさに小躍りしたい気分だ。

それから二人は連絡先を交換した。彼女はわざわざ病院まで荷物と自転車を持ってきてくれていたので、晴人はそのまま家路につくことにした。

病院の門のところで自転車に跨《また》がって会釈すると、美咲も硬い表情で微笑み返してくれた。晴人はぺこぺこと何度も頭を下げながら自転車のペダルを力一杯踏み込んだ。

生ぬるい夜の風を浴びながら国道を走る。等間隔に設置された外灯がいつも以上に眩《まぶ》しく思えた。前を走る車のテールランプは薔薇《ばら》のように鮮やかに赤く、その光景は昨日まで見ていた世界よりもずっとずっと美しい。

晴人は笹塚《ささづか》駅近くの川沿いの道で自転車を止めると、サドルに腰を下ろしたまま外灯に照らされる桜を眺めた。風に吹かれてひらひらと舞い散る花びら。

スマートフォンから美咲の電話番号を引っ張り出すと、その十一桁の数字は幸せな未来につながる暗証番号のように思えた。晴人は目尻を下げて笑みを浮かべる。しかしその笑顔は突然吹き過ぎた夜風によってあっという間にかき消されてしまった。そして胸に黒いシミのような罪悪感が広がっていく。

――プロのカメラマンなんてすごいですよね！

美咲の言葉を思い出すと胸が痛くなる。

晴人は背中を丸めた。

謝らなきゃ……。僕は、カメラマンじゃないんだから。

ずっと嘘《うそ》をついていることを、ちゃんと謝らなければ。

麻酔が切れはじめた左耳に触れると突き刺すような痛みが奔《はし》る。

もしかしたらそれは、嘘をついている彼自身の心の痛みだったのかもしれない。

＊

あのタイミングでデートに誘うなんて反則だ。さすがに断りづらすぎるって……。

美咲は小田急線のドアにもたれながら「はぁ」と小さなため息を漏らした。

まさかデートに誘われるなんて予想外すぎる。

電車が梅ヶ丘駅に停車すると、重い身体を引きずって改札に向かった。

昼間は学生街として賑《にぎ》わうこの街も夜十一時を過ぎると人の姿はほとんどない。美咲は駅前のコンビニでミルクティーとゼリーを買って、ビニール袋をぶらぶらさせながら家までの道を歩いた。

美容師がお客さんの耳を切ってしまうことは、まぁ無い話ではない。もちろんいけないことだけど。とはいえ切り落としたという話は聞いたことがない。ヘタしたら訴えられてお店が潰れてしまう可能性だってある。だから彼が病院に運ばれた後、店長は鬼のような顔で「アシスタントに戻すぞ！」と激怒した。ようやくスタイリストに昇格できたのにアシスタントに戻るなんて絶対に嫌だ。自業自得だけど泣きたい気分だよ……。

角の魚屋を右に折れてしばらく歩くと古びた居酒屋が見えてくる。木造の壁は長年の雨風で随分と傷んでいて、『有明屋』と書かれた赤提灯《あかちょうちん》が店先に頼りなさげにぶら下がっている。ガラス戸から漏れる灯《あか》りの中には客たちの笑い声が混じっていた。どこの街にも一軒はある、そんな居酒屋の見本のような佇《たたず》まいをした店。ここが美咲の自宅だ。

「ただいまぁー」引き戸が大げさな音を立てる。常連客と談笑していた兄の有明貴司《たかし》が「遅かったな」と頬をくいっと上げて笑った。カウンターに陣取っている常連客たちも「美咲ちゃん、お帰り！」とジョッキを掲げて笑顔をくれる。いつもだったら愛想よく振舞うが、さすがに今日は笑顔を作る余裕はない。するとカウンターの隅でハイボールを飲んでいたパンツスーツ姿の吉野綾乃《よしのあやの》が「どうしたの？」と声をかけてきた。

綾乃は貴司の恋人で、美咲にとって姉のような存在だ。すっきりとした輪郭にロングストレートの黒髪が良く似合う大人な雰囲気の女性。兄にはもったいなさすぎる美人だ。

「仕事でなにかあった？」綾乃が心配そうに首をかしげると、美咲は「ううん、なんにもないよ」と無理して笑った。さすが綾乃さん、相変わらず勘が鋭い……。

「なんだよ美咲、また仕事でミスしたのか？　相変わらずドジだなぁ！」

黒いTシャツから伸びた逞《たくま》しい腕を胸の前で組みながら貴司が豪快に笑う。無神経な兄に「うるさいなぁ」と頬を膨らませ、カウンターの奥にある二階へ続く階段に足をかける。すると、「おい、メシは？」と兄の声が聞こえた。

「いらない」

「あっそう。今日はお前が大好きなサザエがあるんだけどな」

サザエ？　思わず足が止まった。網の上でつぼ焼きにしたサザエがぶくぶくと泡立つ姿を想像すると口の中がよだれでいっぱいになる。そこにお醤油《しょうゆ》をちょっとだけ垂らして熱々のまま食べたら……う〜〜ん、美味《おい》しそう。お腹がぐぅと小動物のように鳴いた。

「どうすんだよ。食うのか？　食わないのか？」

「……食う」

美咲は唇をむぅっと突き出し、綾乃の隣に腰を下ろした。


「――そりゃ、わたしが耳たぶ切り落としたのがいけないんだけど、なんでもしますって言ったら『デートしてください』は反則じゃない!?」

今日あった悲惨な出来事を綾乃にぶちまけながら三杯目の日本酒をきゅーっと飲み干した。今日は飲まないぞ、飲んだら絶対グチっちゃうから……と思っていたが、サザエを一口食べたら飲まずにはいられなくなってしまった。

妹の話を聞いて、貴司がグローブのように分厚い手でまな板を叩く。

「カメラマンだかなんだかしらねぇけど、汚ねぇ手使ってデート誘いやがって！　俺がそいつの耳たぶ引きちぎってやるよ！」

常連客たちも「みんなでエロカメラマンの耳たぶをミンチにしてやろう！」と団結して酒をあおる。おじさんたちに謎の一体感が生まれていく。

「おい美咲、その耳たぶ野郎の連絡先教えろ！　今度は俺が右の耳たぶを包丁で――」

綾乃が「ちょっと！」と勢いよく割り箸をカウンターに置いた。

「耳たぶ耳たぶうるさいわよ！　わたし今、水餃子食べてるの！　分かる!?　形がちょっと耳に似てるの！　いい加減にしてよ、まったく……。それにそんなことしたら美咲ちゃん、お店クビになっちゃうでしょ」

「でもよぉ」貴司は叱られた子供のように口をへの字に曲げてふて腐れた。

「わたしはいいと思うけどな」と綾乃は美咲に向き直る。

「いいって、なにが？」

「デート。してみたら？　案外いい人かもよ？」

「なに言ってんだよ!?　ぜってぇダメだ！　あり得ねぇよ！」

太い眉を吊り上げる貴司を無視して綾乃は続ける。

「どうせなら楽しんでいらっしゃいよ」

「でもさぁ～」美咲は四杯目の日本酒をずずずとすすった。「相手はお客さんだし～」

「お客さんとプライベートで会っちゃいけない規則でもあるの？」

「ないけどさぁ～」

「デート、久しぶりなんでしょ？」

「そうだけどさぁ～」

「出逢いがないってぼやいてたじゃない。チャンスよ、チャンス」

「これは出逢いっていうかさぁ～……」

貴司が我慢の限界と言わんばかりに大きな舌打ちをした。

「さぁさぁうるせぇんだよ！　てめぇは軍人か!?　つーかお前、出逢いとか求めてんじゃねぇよ！　自分の店出すために頑張ってるんじゃねぇのかよ!?　男のことばっか考えて仕事手抜きしてんじゃねぇだろうなぁ!?」

聞き捨てならない一言にさすがにカチンときて、刺すような視線を兄に向けた。

「んなわけないでしょ？　ていうか恋愛したいに決まってるじゃん。まだ二十三だし」

「じゃあデート楽しんでおいでよ」綾乃がすかさず口を挟む。

「別にデートだなんて思ってないから！」

「じゃあなんなの？」

「これは……」言葉に困って日本酒をぐいっと飲み干す。「これはデートじゃなくて損害賠償みたいなものです！」

そう言って荷物を手に逃げるように階段を駆け上がった。

二階は住居スペースになっている。軋《きし》む階段を上がると左手に居間があり、奥に台所と風呂場がある。廊下の突き当たりには貴司と美咲の部屋が並んでいて、二人で暮らすには充分すぎる広さだ。

美咲は建て付けの悪い襖《ふすま》を引いて部屋に入るとベッドに倒れ込んだ。このままメイクを落とさず眠ってしまいたい。ごろんと寝返りを打って天井にぶら下がった電気傘を見上げる。和室を洋風にアレンジしたこの部屋にはいささか不釣り合いな電気傘。美咲は少し黄ばんだ傘の中で光る蛍光灯を見ながらため息を漏らした。

そりゃ綾乃さんの言う通り、デートなんて久しぶりだけどさ……。

この数年、たしかにデートらしいデートなんてしてこなかった。高校時代には彼氏がいたこともある。でも両親を早くに亡くし、兄に迷惑をかけまいとバイトをかけ持ちして夜は有明屋を手伝うことも多かった。そのせいで彼氏に「お前、生きるのに必死すぎて若さ感じないわ」とフラれてしまった。今思い出してもかなりムカつく。そりゃ必死だっての。お金ないんだから。

専門学校へ進学してからも忙しさは変わらない。前より更に忙しくなったくらいだ。授業料は兄が出してくれたが、ハサミやカットマネキン、タオルやコールドペーパーなど、授業で使う細々した物を買い揃えるにはかなりのお金がかかった。だからバイトと学業を両立するだけで精一杯で恋愛なんてする暇はない。というのは全部言い訳だ。要するに恋愛する努力を怠ってきただけだ。

恋愛を長く休むと復帰が難しくなる。しかも前の恋愛で酷《ひど》いことを言われてフラれたから復帰戦はかなり慎重になってしまう。逆転満塁ホームランを打たれて、ど真ん中が投げられなくなったピッチャーの気分だ。その証拠に、社会人一年目に他店の美容師からデートに誘われたが、グイグイこられて引いてしまい、臆病風に吹かれて断ったことがあった。まあまあ格好良くて優しい人だったのに。趣味も合ったし笑いのツボもストライクゾーンだったと思う。でも一度デートを断ったらもう次のお誘いはなかった。その直後、彼に恋人ができたと聞いて「なんなのその変わり身の早さは!?」と随分頭にきたけど、同時に「もったいなかったかなぁ」と深く後悔した。そして結局今も無期限の恋愛出場停止中。復帰の目途はちっとも立ってない。

美咲はコンビニ袋からさっき買ったゼリーを出して一口頬張った。

お花見か。でもまぁ、これは謝罪デートだから試合再開ってわけじゃないけどね……。


あくる日、店長に昨日の一件を改めて謝った。店長も一晩経《た》って落ち着いたようで、それほど怒られることはなかった。アシスタントへの降格もなんとか免れた。でもだからといって気を抜いてはいけない。お客さんは綺麗《きれい》になるためにこのサロンに来てくれる。そんなお客さんの願いを叶えてあげるんだ。だからいつまでもヘコんでちゃダメだ。気合を入れよう。

夜八時に店が閉まると終礼があって、店長が今日の売上と改善点を報告する。今は店長含めて四人のスタッフで店を回しているから正直かなり人手不足だ。一人一人に課せられる仕事量も多い。とはいえ人手不足だったおかげでスタイリストに昇格できたわけだから、忙しさに文句を言ってはいけない。

掃除が終わって先輩たちが帰ると自主練に励む。美咲の日課だ。カットマネキンに向かい苦手なカットを克服できるよう研鑽《けんさん》を積む。特にショートカットが苦手だから何度も何度も練習を重ねた。

気付けば十一時を回っていた。そろそろ帰ろうかなと店のカギをポケットから取り出すと、鏡を見てその手が止まった。髪の毛に数本の白髪がまじっている。

「まただ……」

最近白髪がよく生える。どうしてこんなに生えるのだろう？　疲れてるのかなぁ？

白髪を抜いてため息を漏らしていると、ポケットの中のスマートフォンが震えた。

誰だろう、こんな時間に。ディスプレイを見て美咲はたじろいた。

それは晴人からのメールだった。

件名・デートの件に関しまして。

本文・夜分に失礼致します。朝倉晴人です。

先日お約束させて頂きましたデートの件、予定通り有明さんのお休みに合わせて来週月曜日に実施したく存じます。午前十一時・新宿駅南口集合（サザンテラスの方ではないのでご注意ください）。当日は平日ですから花見客は少ないことが予想できますので桜を見るには最適かと存じます。しかしながら、雨天の場合はお花見には適していないので再度日程調整、もしくはお花見以外のデートプランをご用意させて頂きますのでご了承のほど宜しくお願い申し上げます。それでは当日、楽しみにしております。

な、なんなの、このガチガチのビジネスメールは？　もしかしてこれってヤバい勧誘を受けたりするパターン？　でも彼はプロのカメラマンだし、さすがにそれはないか？　家に帰って『カメラマン　朝倉晴人』とスマートフォンで検索してみた。彼がどんな写真を撮っているのか見てみようと思ったのだ。しかしそれらしい写真は見つからない。なんでだろう？　賞を獲ったなら一枚くらいネットに載ってても――、

「朝倉晴人ねぇ」

驚いて振り向くと、風呂上がりの貴司がバスタオルで頭をごしごし拭きながら背後で画面を覗《のぞ》き込んでいた。

「ちょっとぉ！　勝手に見ないでよ！」スマートフォンを投げるふりして追い払おうとすると、「義理でデートするだけだろ？　どうして相手のことなんか調べてんだよ」と兄は面白くなさそうに下唇を突き出した。

「まぁ一応、下調べというか……」

「下調べぇ？　お前、まんざらでもありません、みたいなツラしてんじゃねぇぞ」

「うるさいなぁ！　してませんー！　まんざらですぅ！」

顔をくしゃっとさせて逃げるように風呂場へ急いだ。

湯船から立ち昇る湯気を見ながらぼんやり考える。そもそも、あの人はなんでわたしをデートに誘ったんだろう？　デートに誘うってことは、わたしに気があるってことだよね？　考えすぎ？　うぬぼれてる？　でもデートってことはそう考えてもいいんだよね？　なんだか恥ずかしくてのぼせてしまいそうな気分だ。

＊

完璧なメールを送った後の発泡酒は格別に美味《うま》い。晴人はぐいっとアルミ缶を傾けた。

若干の硬さはあるものの誠実さが滲み出る紳士的なメールだった気がする。女子にこんな風にメールを送ったのはかれこれ三年ぶりだから、送るときはかなりの勇気がいった。〝送ろうとしては躊躇《ためら》う〟をかれこれ三十分も続けてしまった。二十四にもなってなんだかすごく情けないけれど。

しかしそんな気持ちは美咲からの返信であっという間に吹き飛んだ。

【かしこまりました。よろしくお願いします(._.)】

ありふれた顔文字ですら美咲が送ってくれたと思うと特別可愛く見える。晴人はその短い返信を何度も何度も読み返しながら顔をチーズのようにとろけさせた。

新しい発泡酒を冷蔵庫から取り出して窓を開けると、1K・八畳の小さな部屋に春の夜風が迷い込んできた。冷えた発泡酒と心地よい夜風が火照《ほて》った身体を冷ましてくれる。開けたての発泡酒をちびちびと飲みながら、一車線道路を挟んで向かいにある小さな公園に目を向けた。風に揺れる桜。外灯の光の中で花びらが舞い散っている。

「なんであんな嘘ついちゃったんだろう……」

後悔と罪悪感がまた押し寄せてきた。

ただのレンタルビデオ屋のアルバイトでしかない自分がプロのカメラマンだなんて、

嘘にもほどがあるよな。

カメラマンになる、それがかつての夢だった。

父が餞別《せんべつ》にくれたニコンのF3を夢への切符のように握りしめて降り立った東京。ビルはどれも高く、東京タワーはなんだか偉そうで、人の多さに酔ってしまいそうだった。でもここが夢の舞台なんだと思うと、言い知れぬ高揚感で胸が躍った。

高校を卒業してすぐに上京した晴人は、恵比寿の貸しスタジオでスタジオマンとして働き出した。何年か下積みをして、そこで出逢った人脈を活《い》かしてカメラマンになる。そんな青写真を描いていた。楽な道ではないことは分かっている。才能とセンスがすべてであることも。でもあの頃は、その才能が備わっていると信じて疑わなかった。しかし長野の田舎《いなか》で育った世間知らずの青年は、東京で現実の厳しさを知ることになる。

働き出したスタジオは想像を遥《はる》かに超える多忙さで、日々撮影の仕込みに追われ、先輩には怒鳴られ、撮影が終わったらすぐに撤収作業、次の準備と、寝る時間などほとんどなかった。最初は気合と根性で身体を支えていたが、不満と疲労が重くのしかかり、やがて身体は押し潰されてしまった。

ここってブラック企業じゃないのか？　毎日死ぬほど働かされて寝る時間もないなんてどうかしてるよ。給料だって安すぎるし、残業代もつかないし……。

そして晴人は一年も経たずにスタジオから逃げ出した。辞めてからしばらくの間はコンクールに応募することもあった。しかし箸にも棒にもかからず、そのうち応募すること自体をやめた。父がくれたニコンF3も押し入れの奥へと追いやってしまった。

後ろめたさはもちろんある。農家をしながら高校まで出してくれた両親はアパートの敷金や礼金まで払ってくれた。それをこんな形で裏切るなんて。でも——晴人は思い直す。別にカメラを完全にやめるわけじゃない。これは充電期間だ。一旦お休みするだけだ。心がまたシャッターを押したくなるまでは人間力を磨こう。

それから四年、カメラはまだ押し入れの中で眠ったままだ。お世辞にも人間力が高くなったとも言えない。気付けばレンタルビデオ屋でのアルバイトも古株。最近では正社員にならないかと誘いを受けている。正直少しだけ揺れていた。いつまでもフリーターってわけにもいかないし、ボーナスだって少ないけどもらえるみたいだし。

でも、このままカメラをやめていいのかなぁ……。消えかけた夢の炎と現実の間で揺れる。しかし揺れているだけでなんの決断もできぬまま、ただ時間だけが闇雲に流れた。

そんな中、晴人は美咲と出逢った。

緊張しながら一生懸命髪を切る彼女を見て、かつての自分を思い出した。スタジオマンとして走り回り、寝る間も惜しんで働いていたときのことを。そして同時に今の自分がなんとも情けなく思えた。

「朝倉さんはどんなお仕事されているんですか？」

あるとき美咲に質問された。正直に「レンタルビデオ屋でアルバイトをしています」と言えばよかったけれど、咄嗟《とっさ》に「カメラマンです！」と答えてしまった。なんの目標も持たないフリーターだと告げるのが恥ずかしく思えたから。

「カメラマン!?　すごい！」

目を輝かせる彼女を見て、取り返しのつかないことをしてしまったと痛感した。しかし一度ついた嘘はもう取り消すことはできない。嘘に嘘を重ねるしかなかった。それからというもの、彼女に仕事のことを訊《き》かれるたび、羨望の眼差《まなざ》しを向けられるたび、晴人の心は罪悪感で押し潰されそうになった。やがて後悔の種はすくすくと成長して大きな花を咲かせる。いつか本当のことを言わなくては。ずっとそう思い続けていた。

晴人は包帯が巻かれた左耳にそっと触れた。

今度のデートですべてを打ち明けよう……。

デート当日、東京の空は青々とした輝きを放っていた。太陽は優しく地上を温め、風は歌うように柔らかく吹き過ぎていく。長袖では汗ばんでしまいそうな春めいた陽気だ。

そんな平和的な新宿駅南口。晴人は改札の前を行ったり来たりしながら、ざわめく心を落ち着けようと必死に努めていた。

どうしよう……。どんな会話をすればいいんだ？　昨日の夜、頭の中で何百回とシミュレーションを重ねた。Ａｍａｚｏｎのお急ぎ便で『小粋な男の会話術』というマニュアル本も手に入れた。でも結局どうしていいか分からなかった。それに加えて、嘘を告白するという試練もある。デートですら精一杯なのにプレッシャーがすごすぎる……。

「おぇっ！」思わずえずいてしまった。すると、「大丈夫ですか？」と背後で声がした。

こ、これはもしや、有明さんの声では？

恐る恐る振り返ると、やっぱりそこには美咲がいた。

見られた！　おぇってしてるところを有明さんに見られてしまった！　新宿駅の真ん中でおぇってしてる男ってダサすぎるだろ！

それにしても……晴人は生唾を飲んだ。な、なんて可愛いのでしょうか……。

彼女の普段着を見るのは初めてだ。涼しげな白のスプリングニットにスキニーパンツ、頭にはえんじ色のニット帽。それらの服は彼女に着られるためにこの世界に生まれてきたんじゃないかと思うほど、とてもよく似合っていた。顔もなんだかいつも以上に可愛く見える。メイクのせいだろうか？

あまりの可愛さに地蔵のように固まっていると、「どうしました？」と美咲が顔の前で小さく手を振ってきた。その声には緊張の色が混じっている。それもそのはずだ。急にお客さんとデートをすることになったんだから。しかも耳たぶを切った相手と。

「あの、今日は、来てくれて、ありがとうございます」

人工知能のようにたどたどしく礼を言うと、彼女は恥ずかしそうに首を振った。そして二人は新宿御苑《しんじゅくぎょえん》を目指して甲州街道を歩き出した。

「いい天気ですね」

「そうですね」

会話が終わってしまった。

老夫婦の会話か!? しっかりしろ! あ、そうだ! こういうとき、男は女性を守るように車道側を歩くべきだとマニュアル本に書いてあったぞ!

晴人は起死回生を図るべく美咲の右隣に移ろうとした。が、上手《うま》く移動できず肩と肩がぶつかってしまう。よろめく彼女に「すみません!」とあたふた謝ると、美咲は「どうしたんですか?」と顔を引きつらせた。

「あ、いや、こういうときって男が車道側を歩くべきなのかなぁと思いまして」

「は?」

「だってほら、車にぶつかったら大変ですし!」

「さすがにここは大丈夫かと……」彼女は気まずそうにガードレールを指さした。

うわぁ――――! 僕はなんてバカなんだ! 歩道に車が突っ込んでくるなんてハリウッド映画じゃないんだからさぁ! ホームラン級のバカかよ!

「そっかぁ！　なるほどですねー！　じゃあ安心だ！　あはは……」

笑いながら涙がこみ上げてきた。消えたい。このまま消えてしまいたい。

美咲はそんな晴人の心中を察したのか「もしよかったら、こちらどうぞ」と右側を譲ってくれた。彼女の心遣いに、情けなくてまた泣きそうになった。

泣くな。泣いちゃダメだ。まだ挽回《ばんかい》のチャンスは必ずあるはずだ……。

しかし追い打ちをかけるように悲劇は連続する。

新宿御苑の門が閉ざされているのだ。『本日休園』という非情な看板が目に飛び込んで、晴人の思考は完全に停止した。

うわぁ……。引くわ。自分のバカさ加減に引きすぎて気持ち悪くなってきた。突然ここで吐いたら有明さんビックリするかなぁ。……というか、これは夢か？　やけによくできた夢なんじゃないのか？

「あ、今日お休みなんだ……」と美咲が呟く。その途端、晴人はハッと我に返った。

ヤバい！　これは「じゃあ解散しましょうか」のパターンだ！　デートがはじまってまだ十分しか経ってないのに解散なんて絶対に嫌だ！

「よ、四ツ谷に行きましょう！　あそこにも桜はありますから！」

二人は丸ノ内線に乗って四ツ谷に足を伸ばした。

さすがにここなら桜を見ることが――……その考えも甘かった。

四ツ谷から飯田橋まで伸びる外濠《そとぼり》公園は、満開の桜に誘われて多くの花見客で賑わっていた。皆、桜の下にブルーシートを敷き、酒を飲んで大騒ぎしている。平日の昼間だというのに酔い潰れた中年男性がだらしなく土に顔を埋めたまま眠っていたり、大学生であろう若者たちが「うぇ――――い！」と奇声を発しながら缶酎ハイを一気飲みしている。ロマンチックの欠片《かけら》もない雰囲気に晴人の膝はガクガクと震えた。

お、お、おめぇら、桜が見たいんじゃなくて外でドンチャンしたいだけだろうが。ていうか、なんで日本人ってこうも花見が好きなんだ？　ああもう、これじゃあせっかくのお花見デートが台無しだよ……。

「おぇえ――――！」

泥酔した中年男性が二人の前で嘔吐《おうと》した。美咲は不快そうに目を背ける。

おっさ――――ん！　なに吐いてんだよぅ！

晴人は泥酔男をぶん殴りたい気分でいっぱいになった。

「と、とりあえず歩きましょう！」

二人は逃げるように市ケ谷方面へと歩き出した。

「すみません。僕、お花見って初めてで、どのくらい混んでるか全然分からなくて。まさかこんなに人がいるなんて思ってもいませんでした」

「初めて？」と美咲は目を丸くした。「一度もお花見したことないんですか？」

「ええ、まぁ。あ、でも子供の頃に一回くらいはあると思いますけど」

「嫌いなんですか？　お花見」

「お花見っていうか、桜があんまり好きじゃなくて」

「桜が？」彼女は不思議そうに首をかしげた。

「なんていうか、桜って綺麗だけどすぐ散っちゃうじゃないですか。そう思うと、なんだかちょっと悲しくて。あ、お花見に誘っておいてこんなこと言うのもアレですけど」

「朝倉さんって、変な人って言われたりしません？」彼女は口を押さえながらくつくつと笑った。「日本人って、みんな桜が好きなんですよ」

「たしかに高校生の頃、友達にその話をしたら変人扱いされました」

「やっぱり。わたし、桜が嫌いな人に初めて会いましたよ」

自然な笑顔に晴人も思わず笑みをこぼした。

いいや、変な人って思われても……。どんな理由であれ、彼女が笑ってくれるなら。

美咲は緊張がほぐれたようで口数も増えて自身の話をたくさんしてくれた。

休みの日は映画を観に行くことが多くて、特にアクション映画が好きで、お兄さんの影響で野球観戦も好きらしい。家は小さな居酒屋を営んでいて、「兄が作るチャーハンが美味しいんです」と少し自慢げに話してくれた。甘いものとお菓子がやめられなくて、太ると分かっていながら仕事帰りについついプリンやゼリーを買ってしまうらしい。

「有明さんは、どうして美容師になろうと思ったんですか？」

左隣を歩く彼女を見ると、美咲は恥ずかしそうに指先で髪をくるくるといじった。

「実はわたし、天パーなんです。小学生の頃、男子に〝くるくる〟って呼ばれるくらい。それがすごいコンプレックスで、お父さんとお母さんに相談したんです。こんな髪いやだーって。でも『気にしちゃダメ』としか言ってくれなくて。絶望でしたよホント。一生このまま生きていくのかなぁって。そしたらお兄ちゃんが泣いてるわたしに気付いて近所の美容室に連れてってくれたんです。すごいドキドキしたけど、美容師さんが『大丈夫、すぐに直るよ』ってストレートパーマをかけてくれて……。そしたら、さっきまで悩んでたのが嘘みたいに髪の毛がまっすぐになったんです！　魔法みたいに！　そのとき鏡に映る姿を見て、生まれて初めて自分の髪型が可愛いって思えたんです」

彼女は古い写真を眺めるように懐かしそうに目を細めた。そして大きな桜の木の前で足を止めると、薄く微笑みながら空を見上げた。

「それで決めたんです。わたしもいつか誰かの髪を綺麗にしてあげたいって。お客さんに『自分って可愛いな』って思ってもらえる、そんな美容師になろうって」

桜の花びらに彼女の笑顔が鮮やかに映える。薄紅色に包まれながら柔らかく微笑む美咲を見て、素敵だなと晴人は思った。幼い頃の彼女も美容室の鏡の前でこんな風に笑っていたのかな。そう思うと心がじんわりと温かくなる。

しゃべりすぎたことが恥ずかしくなったのか、美咲は「わたしの話ばっかりじゃなくて、朝倉さんの話も聞かせてくださいよ」と少しはにかんだ。

「朝倉さんは、どうしてカメラマンになりたいと思ったんですか？」

本当のことを言おう。立ち止まって奥歯に力を込めた。

強い風が二人の間を吹き過ぎてゆき、桜の花びらが遠くに飛ばされる。

晴人は声が震えないように、ゆっくり口を開いた。

「有明さん。僕は――」

「あれ？　晴人じゃん」

聞き覚えのある声に驚いて振り返ると、そこにはスタジオマン時代の同僚の姿があった。肩からカメラバッグを下げたその男は、晴人に向かって軽く手を挙げている。

「久しぶりだな！」

嫌な予感がした。まだ包帯が取れていない左耳がジンジンと痛み出す。頼むから余計なことだけは言わないでくれ。でも願えば願うほど現実は真逆の結果になるものだ。

「お前もうカメラやめちゃったんだろ？　今はなにしてんだよ？」

背筋が凍るくらい冷たくなった。恐る恐る横目で見ると、美咲は訝《いぶか》しげに眉をひそめている。その表情が更に体温を奪っていく。

「てか、お前がスタジオ辞めてから大変だったんだぞ？　バックレやがってよ～」

空気の読めない元同僚に居ても立ってもいられなくなり、「行きましょう」と彼女を連れて足早に歩き出した。

それから二人は市ケ谷駅近くのベンチに腰を下ろした。晴人は美咲のことを見ることができず、遠くの景色に目を向けている。中央線が新宿方面へ走り去っていくと車輪とレールが擦れ合う鉄の音が不気味に響き、その後に花見客の楽しげな笑い声が続いた。彼女はなにも言おうとしない。無表情で黙っている。その沈黙が余計に怖かった。

「僕は、あなたに嘘をついていました」

恐怖で喉の奥が震えた。

「本当はカメラマンでもなんでもないんです。賞を獲ったこともないし、独立もしていません。全部嘘なんです。でもカメラをやっていたのは本当です。ただのアシスタントでしたけど。それもすぐに辞めてしまって――」

膝の上で組んだ指がじんわりと汗で滲む。

「最初は本気でプロのカメラマンになるつもりでした。才能だってあるって信じていました。でも毎日怒られてばかりで、仕事もロクにできなくて、コンクールに応募しても全然ダメで。だんだん自分には才能がないって思うようになって、結局カメラ自体やめてしまいました。それで今はレンタルビデオ屋でアルバイトをしています」

美咲はこちらを見ようともせず、お堀の向こうに立ち並ぶビルを眺めている。

「今まで嘘をついていて、すみませんでした」晴人は深々と頭を下げた。
彼女の呆《あき》れたようなため息が胸に突き刺さる。
「どうして嘘ついたんですか？」
なにも答えられなかった。針のような視線に顔を上げることすらできずにいると、
「そろそろ帰りましょっか」と美咲は立ち上がって駅の方へ歩き出した。晴人は動けず
に去って行くその後ろ姿を見つめている。きっともう二度と会うことはできない。言い
知れぬ焦りが背中を強く押した。そして気付けば美咲に向かって大声で叫んでいた。
「あなたに嫌われたくなかったんです！」
その言葉に彼女の足が止まる。
「僕がカメラマンだと言ったとき、あなたは目を輝かせて話を聞いてくれた！　それが
嬉しくて、少しでも気に入られたくて、それで嘘をついてしまったんです！　ずっと申
し訳ないって思っていました。謝らなきゃって。でもその勇気がなくて。ただのフリー
ターなんて言ったらガッカリされそうで……だから嘘をつき続けてしまったんです！」
思いの丈は伝えた。この想い、きっと彼女に届いたはず――、
「はぁ――――!?」凄《すさ》まじい大声と共に美咲が眉を吊り上げて振り返った。「それって、
わたしが職業で人を判断するような女だって言いたいわけ!?　カメラマンだから目を輝
かせて話を聞いてたって、そう言いたいんですか!?」

普段の彼女からは想像もできない恐ろしい剣幕に、思わず「ち、違います！」と腰が引けてしまった。美咲は怒りの眼差しでこちらに詰め寄ってくる。

「違わない！　そりゃたしかにカメラマンって言われたとき、ちょっと格好いいなって思ったし、すごいなって思いましたもん！　あーそうですよ！　わたしはあなたのこと職業で判断しましたよ！　でもだからって、そういうこと面と向かって言われるとすんごいムカつくんですけど！」

「す、すみません」

「こっちこそすみませんでした！　でも、なにもしてないのに夢諦めるとかあり得ないんですけど！　自分には才能があるって思ったんでしょ？　なのになんでやめちゃうの？　あんたバカなの!?」

「すみま――」

「せん、じゃなくて！　どうしてとことん頑張らないのよ!?　もしかしたら本当にプロのカメラマンになれたかもしれないのに！」

「え？」

「それなのにやめるなんてもったいないって！　うじうじしてないで、夢なら辛《つら》くてもなにがあってもカメラ続けなさいよ！　簡単に投げ出したりせずにさぁ！」

「そ、それは、僕にカメラの才能があると仰《おっしゃ》ってくれているんですか？」

「は？」

「だから頑張れと？」

「違いますけど？」

「嬉しいです！」思わず彼女の手を握ると、美咲は猫のように跳ね上がった。

「す、すみません！」自分の思いがけない行動に慌てて手を離す。

「僕、頑張ります！　その言葉を信じて、もう一度カメラ頑張ります！」

「いや、ちょっと待って。そういう意味で言ったんじゃ――」

「美咲さん！」

突然名前で呼ばれて美咲は固まった。

「僕はあなたに相応《ふさわ》しい男になってみせます！」

変わりたい。嘘つきで何事からも逃げ続けていた情けない自分から。ちゃんと自分を誇れるように。変わりたいんだ。だから――、

「だから変わります！」

晴人は拳を強く握った。

「あなたに好きになってもらえるように……」

美咲の頬が桜色に染まる。南風が吹いて、桜の花びらが空へと舞い上がり二人の間に雪のように優しく降り注ぐ。その花びらを見つめて晴人は決意した。

踏み出すんだ。止まっていた時間が動き出すように。

いつかまた、彼女の隣を歩けるように。

＊

不覚だ。不覚にもほんの一瞬、ほんのちょっとだけ、ときめいてしまった。

美咲は「はぁ」と大きなため息を漏らした。電車のドアに頭を預けて外の景色に目をやると、街はすっかり夕闇に包まれていた。流れてゆくビルや家々がオレンジ色に染まって見える。

——僕はあなたに相応しい男になってみせます！

あんな風にストレートに想いをぶつけられたのは生まれて初めてだ。ていうか、よくよく考えたら告白されたこと自体初めてじゃん。……告白？　あれは告白って考えていいんだよね？　調子乗りすぎ？　でも「あなたに好きになってもらえるように」って言ってたもんな。だからそういうことだよね？

落ち着かなくて手すりをぎゅっと握った。なにドキドキしてんのよ。あの人は嘘つきなんだよ？　見栄を張ってしょうもない嘘をつくような奴なんだぞ？

ホームに降り立つと、大きな夕日が線路の向こうに見えた。美咲は髪を指先でくるくるいじりながら、あの人またカメラはじめるのかなぁと思った。でも、わたしの言葉を真に受けられても困るんだけどな。彼に才能があるかなんて分からないし……。

有明屋では貴司と常連客のおじさんたちが美咲の帰りを今や遅しと待ちうけていた。引き戸が開いた瞬間、貴司が「変なことされなかったか!?」とカウンターから身を乗り出す。迫ってくるおじさんたちに少し怯《おび》えながら、美咲は「別になにもないって」とそそくさと二階へ上がろうとする。常連客の大熊《おおくま》さんが「様子がおかしい！　絶対なんかあったぞ！」とホッピーをがぶ飲みしながら大声を上げた。

「ホントになにもないって！」ぷいっと顔を背けて階段を駆け上がった。

なんでいちいち気にするの？　もう二十三なんだから放っておいてほしいんだけど。ホントになにもなかったんだし。なにも？　まぁ、ちょっとはあったけどさ……。

部屋に入るとニット帽をカットマネキンに被《かぶ》らせ、ベッドの横の窓を開ける。さっきから全身が熱い。涼しい夕風に髪を揺らしながら深呼吸をひとつすると、うっすらと春の匂いがした。風がカーテンと壁のコルクボードに貼られたシフト表を揺らす。

クリーム色の壁にもたれながら今日あったことをひとつひとつ整理していると、「美咲ちゃん？」と廊下で声がした。綾乃だ。仕事を終えてお店に来てくれたのだろう。

綾乃は襖を少しだけ開くと、手に持ったスナック菓子をお面のように顔の前に掲げて「今日のデートはどうだったのかな？」とからかうように言った。

綾乃さんまで……。ちょっとムッとしたけど、それでも胸のモヤモヤを追い払いたくて今日あったことをありのまま話すことにした。

美咲の話を聞いた綾乃はくくっと口を押さえて笑った。

「ひどーい！　なんで笑うのー!?」

「ごめんごめん。でも初デートで説教はないでしょ。相手は仮にもお客さんなんだし」

美咲は頰を膨らませてお菓子をひょいとつまむ。

「言い訳してる姿がちょっとムカついたっていうか、もっとシャキッとしろって思っちゃって。でもあんな言い方しなきゃよかった。なんで怒っちゃったんだろ……」

「美咲ちゃん、頭に血が上ると性格変わるからねー。そういうとこ貴司そっくり」

綾乃の言う通りだ。頭にくると考えるより先に口が動いてしまう。美咲の短所だ。

「似てたからムカついたんじゃない？」

「似てた？」

「美咲ちゃんとその彼が」

「えぇ――――!?　全然似てませんけどぉ！」

「はいはい、頭に血が上ってるわよ」

美咲は慌てて口を押さえた。

「美咲ちゃんもスタイリストになる前、たくさん悩んでたじゃない。カットの才能ないよーって、よく相談受けてましたけど？」

「それは……」新人の頃は毎日店長に怒られていて、事あるごとに綾乃にグチを聞いてもらっていた。

「わたし嘘はついてないもん」

「たしかに嘘はよくないね。でもさ——」綾乃は目元に皺《しわ》を作って笑った。「嬉しかったんじゃない？　〝あなたに相応しい男になってみせます〟なんて言われたら」

美咲は「ぜーんぜん」と目を泳がせる。

「ふーん。わたしだったら嬉しいけどなぁ～」

そんな見透かすような目で見ないでほしい。まぁ、嬉しいか嬉しくないかで言えば、そりゃあちょっとは嬉しいけど……。

あのとき彼は顔を真っ赤にしていた。きっと身体中の勇気をかき集めて一生懸命言ってくれたんだろう。そんな真剣な表情を思い出すと背中がむずむずする。

美咲は火照った顔を隠すように薄ピンク色のクッションに額を押し当てた。綾乃がいたずらっぽい笑みを浮かべて覗き込んでくる。シッシと手を振って追い払うが、今日の綾乃はちょっとしつこい。照れくささと居心地の悪さから「あーもう！」とクッションを振り上げようとすると、綾乃が野球のチケットを三枚扇状に広げて見せた。

「野球？」

「来週貴司と行くんだ。美咲ちゃんも誘えってさ」

「どうしてわたしも？」

「あいつ寂しいのよ。最近美咲ちゃんが相手してくれないから」

「いい加減、妹離れしてほしいんだけどなぁ」

「貴司は美咲ちゃんの親代わりでもあるからね。なかなか子離れできないのよ」

美咲は寂しそうな兄の顔を思い浮かべてやれやれと笑うと、「じゃあ、たまには行くとするか」とチケットを受け取った。


翌週、三人は神宮球場を訪れた。野球観戦なんていつ以来だろう。なんだかテンションが上がってしまう。しかもこの日のゲームは抜きつ抜かれつの手に汗握る展開。スワローズが一点取れば相手チームも取り返す。点が入るたびに球場は割れんばかりの歓声に包まれた。そんな空気に気分がよくなって、美咲はビールを三杯も飲んで最終的には大声を上げて応援していた。

試合はスワローズの逆転勝ち。上機嫌な貴司の提案で近くの居酒屋で祝勝会をすることになった。スワローズファンが多く集まる店にやって来ると、兄は隣の席にいた熱狂的なファンと意気投合してビールを浴びるように飲んで早々に酔い潰れてしまった。

「もー、こんなところで寝たら風邪引くよ」

ぶつぶつ文句を言いながら羽織っていたカーディガンを貴司にかけてあげる綾乃を見て、「綾乃さんって、お兄ちゃんのどこが好きなの？」と訊ねてみた。

「どうしたの急に？」

「だってさ、綾乃さん美人だし、有名な化粧品会社で働いてるし、年収だってきっとお兄ちゃんの倍……とまでは言わないけど、結構もらってるだろうし。なのにどうしてうちのお兄ちゃんなのかなぁって思って」

綾乃は枝豆をひょいとつまんで「たしかに、わたし美人で仕事もできるからね～」とおどけてみせた。

「まじめに質問してるんですけど」

「ごめんごめん」綾乃はジョッキについた水滴を指先で撫でながら笑った。

「いびきはうるさいし、足は臭いし、ガサツで、お店の経営もどんぶり勘定で、昔は迷惑たくさん被ったのに、でもどうしても嫌いになれなかったんだ」

数年前、兄はギャンブルにかなりはまっていた。パチンコ、競艇、競馬と誘われるがままに金を賭け、その結果、大負けして結構な額の借金を抱えてしまった。しかも借金のことを美咲や綾乃に内緒にしていて、すべてが明るみに出たとき綾乃は泣きながら「もう二度とギャンブルはしないで！」と貴司に訴えた。その涙がきっかけで兄はきれいさっぱりギャンブルから足を洗ったのだ。

「綾乃さんって忍耐強いんだね。わたしだったら絶対耐えられないよ」

「そんなことないわよ。わたしだって昔は恋愛長続きしなかったもん」

「じゃあなんで我慢できたの？」

「なんでだろ」と綾乃は頬杖《ほおづえ》をついた。それから唇の端を少しだけ緩めて「たぶん、貴司は迷惑以上のものをくれたからかな」と笑った。

「迷惑以上のもの？」

綾乃は隣で寝息を立てている恋人の頬を愛おしそうにつついてみせた。

「付き合って六年近く経つけど、こいつ今でもわたしを好きでいてくれるの。時々思うんだ。誰かに一生懸命好きになってもらえるのって、女 冥利《おんなみようり》に尽きることだなって」

「女冥利？」美咲は目をぱちぱちさせた。

「誰かに愛されるのってすごくいいものよ。きっと女の子として生まれてきた幸せのひとつだと思う。まぁ、もうすぐ二十九だから女の子って年じゃないけどさ」

「女の子として生まれてきた幸せ……。そんな風に想われたことないからよく分からないや」

「あら？　デートの人とは順調じゃないの？」

仕返しのような質問に思わずむせてしまった。

「順調もなにも……」ふて腐れたように口をへの字に曲げて「ビールおかわりくださ

い！」と店員に手を挙げた。

「もしかしてそれっきり連絡なし？」

「なしっすけど？　それがなにか？」

　別に連絡なんていらないけどさ。でもあんなこと言ったわけだし、嘘までついてたんだから、ちょっとくらい連絡してきてもいいんじゃないの？　そう思うと正直ムカつく。もしかしたらあいつ、色んな子にも同じようなこと言ってるのかも。いい加減な遊び人。きっとそうだ。そんな奴からの連絡なんて来なくていいんだけどさ。

　美咲はきたばかりのビールを勢いよく胃袋へ流し込んだ。


　春は短い。先日まで街を彩っていた桜はすっかり散ってしまい葉桜に姿を変えた。

　近所の羽根木《はねぎ》公園を訪れた美咲は新緑の葉を纏《まと》った桜を見て思う。

　なんだか同じ桜の木じゃないみたいだ。華やいだ季節はあっという間に終わっちゃうんだ……。

　この間までたくさんの人がこの桜を見上げていた。でも今は葉桜になったこの木を誰も見ようともしない。みんななに食わぬ顔で通り過ぎていくだけだ。

　その光景がなんだかとても寂しく思える。

　美咲は桜の木にそっと触れてみた。静かに生きる、その木の幹に。

四月の終わり、美咲は二十四歳になった。

誕生日を迎える嬉しさはあるが、とはいえ当日は仕事だったし、お祝いをしてくれたのは貴司と常連客のおじさんたちだけ。

こういうとき彼氏がいる子はレストランで食事とかするんだろうな。でもわたしはおじさんたちに囲まれてハッピーバースデーを唄われている。なんだかちょっと悲しい。平均年齢が高すぎるから歌声だってしゃがれているし、みんな揃って音痴だ。だけど綾乃さんが人気のハンドクリームをプレゼントしてくれたのはすごく嬉しかった。

「美咲ちゃん、ずっと手荒れ気にしてたから」

手荒れは美容師の職業病だ。美咲はそこまでひどくないが、人によっては入院してしまうことだってある。

寝る前に荒れた指先にハンドクリームを塗りながら充電中のスマートフォンに目を向けた。知らん顔で元気を蓄えているスマートフォンがちょっとムカつく。

前にカットしてるとき誕生日伝えましたけど？　別に祝ってくれとは言わないけどさ。でも無視はよくないんじゃないですかねぇ？　まぁ、ひと月近く音沙汰ないから、もう連絡なんて来ないだろうな。別にどうでもいいけどね……。

今年のゴールデンウィークは目が回るほど忙しかった。毎日ヘトヘトになるまで働いて、閉店後は疲れ果ててしばらく動けなくなってしまうほどだ。

前はもっと体力があったのに最近すごく疲れやすい。睡眠時間が少ないのは今にはじまったことじゃないけど、それにしても疲れが取れにくい。倦怠感《けんたいかん》がどうしても抜けない。ため息を漏らして起きるのが日課になってしまった。

そんな忙しい日々の中、素敵な出来事があった。貴司が綾乃にプロポーズしたのだ。

店の忙しさが一段落して常連客たちだけになった頃、貴司は指輪を差し出し「結婚しよう」と綾乃に言った。まさかプロポーズするなんて思ってもいなかったから、驚きのあまり箸でつまんだ揚げ出し豆腐を落としてしまった。もちろん綾乃にとってもそれは青天の霹靂《へきれき》。びっくりして口を開けた顔は美人が台無しだった。

兄は少し緊張を含んだ声でプロポーズを続ける。

「貧乏はさせない。ギャンブルもしない。浮気だってなるべくしない。お前のこと、もう絶対泣かせたりしない。だから俺と一緒に生きてくれ」

固唾を呑《の》んで見守る美咲や常連客。綾乃はしばらく俯《うつむ》いていたが、ふて腐れたように「なによ、浮気はなるべくしないって。なるべくってことは、ちょっとはするってこと？」と唇を尖らせた。貴司は膨れた綾乃の頰を指でつねると「しないよ。お前だけだ」と愛おしそうに微笑んだ。綾乃は少女のようにはにかんでいた。兄はそんな恋人の嬉しそうな姿とみんなの視線が恥ずかしくなったのか、むず痒《がゆ》そうに「で、どうすんだ？　結婚すんのか？　しないのか？」といつもの調子でおどけてみせた。

綾乃は指輪の箱を奪い取ると「するに決まってるでしょ？」と弾《はじ》けるように笑った。

よかったね、お兄ちゃん。美咲は指先で涙を拭った。お兄ちゃんが幸せになるのは自分のことのように嬉しい。お父さんとお母さんが事故で亡くなって、お兄ちゃんは大学を辞めてこの店を継いでくれた。きっとやりたいこともあったと思う。学校の先生になりたいって夢も。でもそのすべてを捨ててわたしのために生きてくれた。だからお兄ちゃんがようやく自分の幸せを摑《つか》んでくれたことがたまらなく嬉しい。

照れくさそうにはにかむ二人に、手が痛くなるほど拍手を送った。

終電間際、美咲は綾乃を駅まで送った。

「これからはお義姉《ねえ》さんかー」

「嫌味な小姑《こじゅうと》にはならないでよね」

「それはどうかなぁ。綾乃さん次第じゃない？」

「なによそれ」綾乃は吹き出した。

「でも二人が結婚したら一人暮らししなきゃだね」

「どうして？」

「新婚なのに小姑がいたら邪魔でしょ？　それに前から一人暮らししてみたかったんだ」

嘘をついた。正直、今の暮らしがなくなると思うと寂しくて仕方ない。

「美咲ちゃん」

「ん？」

「一緒に暮らそうよ」

「でも……」

「わたしが一緒に暮らしたいの。いい？　これは義姉からの命令よ」

美咲は小さく笑った。

「命令か。じゃあ仕方ないね」

嬉しい気持ちが身体の芯をほんのり温かくさせる。

梅ヶ丘の駅に着くと、綾乃が「そういえば、その後、例の彼からは連絡ないの？」と訊ねてきた。

「その話はもういいから」美咲はパーカーのポケットに手を突っ込んで苦笑を浮かべる。綾乃がなにかを言おうとしたけど、惨めな気持ちになりそうだから「じゃあね。気を付けて」と手を振ってそそくさとその場を後にした。

家までの道をぶらぶら歩きながら、晴人の言葉を思い出す。

あなたに相応しい男になってみせます……か。ああいうことを言われたのは初めてだから正直嬉しかった。でもそれから一切連絡が来なくなって、嬉しいと思ったことがなんだかすごく格好悪く思えた。くそ、口だけ野郎め。恥かかせやがって。

美咲は不機嫌そうに眉をひそめると、雲に半分隠れた月を見上げて思った。

恋愛はまだしばらくお休みでいいや。今は仕事を頑張ろう。早く一人前の美容師になって自分の店を持たなくちゃ。応援してくれるお兄ちゃんや綾乃さんのためにも。

すると、ポケットの中でスマートフォンが震えた。ディスプレイに表示された名前を見た瞬間、思わず立ち止まってしまう。

『朝倉晴人』その名前にちょっとだけ心臓の音が大きくなった気がした。

なによ今更。ていうか、今仕事に打ち込むって決めたばっかりなんですけど。もう遅いっての。はいサヨナラ。

ふん、と鼻を鳴らしてスマートフォンをポケットに戻そうとした……が、手が止まる。しつこく震えるスマートフォンを見ながら、でも無視はよくないかと通話ボタンを押す。

「もしもし」意識しすぎてちょっとふて腐れたような声が出てしまった。

『ご無沙汰してます。朝倉です』

久しぶりに聞いた彼の声は、なんだか前より少し低く思えた。

『ずっと連絡しなくてごめんなさい』

「いえ、別に謝られることなんて。なにかご用ですか？」

『あの、実は初任給をもらいまして』

「初任給？」

『あ、はい。先月からカメラマンの事務所で働き出したんです。もっと早くご報告しようと思ったんですけど、なかなか仕事に慣れなくて』

ふーん、またカメラはじめたんだ。……ん？　それってもしかして、わたしに相応しい男になるって宣言を叶えようとして？　まばたきが早くなってしまう。

『あの、それでもしお時間あったらなんですけど……』電話の向こうから彼の緊張が伝わってきて心拍数が上がる。美咲はスマートフォンを持つ手に力を込めた。

『ご、ご飯、一緒に行きませんか!?』

ずっと連絡してこなかったくせに急にご飯とか都合よすぎでしょ。そう思って断ろうとしたけど躊躇ってしまう自分がいる。なんて答えていいか分からず困っていると、

『ど、どうですか!?』と答えを求められてしまった。

どうしよう。口をもごもごさせて悩んだ挙句、「別にいいですけど」とちょっと素っ気なく答えた。でも晴人は『本当ですか!?』子供のように声を弾ませて喜んでくれた。

嬉しいんだ……。電話の向こうで喜ぶ彼を想像したら、落ち着かなくて波の上の小舟のように身体がゆらゆらと揺れる。

二人は来週の月曜日、美咲の休みに合わせて会う約束をした。

電話を切って、ふぅと吐息を漏らして空を見上げると、雲に隠れていた月が姿を現し

ていた。月明かりに照らされて黒い影がすうっと伸びる。美咲は自分の影を追うように家までの道を再び歩き出した。その足取りはさっきより少しだけ軽かった。

約束の日、空は低くたれこめた雨雲に覆われていた。朝から降ったりやんだりしていた雨は午後には上がったが、またいつ降り出すか分からない。そんな不安定な天気だ。ベッドに寝そべりスタイルブックを読んでいた美咲は枕元の時計を見た。五時十五分。そろそろ支度をはじめた方がいいかな。よいしょと起き上がり、抽斗《ひきだし》から化粧ポーチを引っ張り出す。

でも本当に食事ＯＫしてよかったのだろうか？　そんなことを考えながらメイクを進めていると、鏡の中の自分を見て手が止まった。眉をひそめて指先で髪を掻《か》き分ける。白髪だ……。以前とは比べ物にならないほどの白髪が、コーヒーの中に垂らしたミルクのように白く目立っている。

「なにこれ……」

疲れやストレスが溜《た》まっているからだろうか？　それとも……。

不安を振り払うように、分け目を変えて黒髪の中に白髪を隠した。

夜の新宿駅は行き交う人が多い。

デート帰りのカップルや一杯ひっかけて気分が良くなったサラリーマンたちの姿がそこかしこに見える。美咲は手首にはめたピンクゴールドの腕時計を覗く。待ち合わせの時間はとっくに過ぎていた。

誘っておいて遅刻はないでしょ。むすっと頰を膨らませていると、向こうから小走りでやって来る晴人の姿が見えた。

久しぶりに見た彼は、気のせいかもしれないけど、なんだかすごく大人びていた。白い七分袖のシャツの下に伸びた腕は逞しく、顔つきも前より精悍《せいかん》になっている。でも忙しいからだろうか、髪の毛はボサボサで伸ばし放題だった。

なんだか直視できず困って顔を伏せてしまう。

「すみません、遅くなって！」晴人はぺこぺこと頭を下げた。

「いえ、今来たところなので……」と、そーっと顔を上げて彼を見ると、包帯の取れた耳たぶに赤いミミズのような痛々しい傷痕が目に入った。

「傷、残っちゃいましたね」申し訳なくて肩をすくめる。

晴人は耳たぶを指で挟み「痛くないので大丈夫です」と少しオーバーに笑う。

「ならよかったです」と言いつつ、あの日の惨劇が蘇《よみがえ》って罪悪感で胸が痛くなった。

彼が選んだ店は、新宿駅から代々木方面に十分ほど歩き細い道を抜けたところにある小さなフレンチレストランだった。レンガ造りの落ち着いた雰囲気のその店は、上品な外観から〝高そう〟であることが容易に見て取れる。店内は淡いオレンジ色の光に包まれていて、大きな正方形のテーブルには皺ひとつない清潔なクロスが誇らしげに敷かれていた。晴人が予約していることを伝え、二人は奥のテーブルへ通された。紳士的なウエイターに促されて椅子に座ると、なんだか急に心細い気持ちになる。こんな高そうなレストランでご飯を食べるのは初めてだ。有明屋とはなにもかも違う。赤提灯もなければ、ぐでんぐでんに酔っぱらったお客さんもいない。もちろん小うるさい店主も。

なんでこんな高そうなお店にしたんだろう。チラッと晴人を見る。彼も緊張しているようだ。晴人はテーブルの上に置かれた形の良いコップに入った水をぐいっと一気に飲み干し、それからナプキンで額の汗を拭った。

「こういうお店初めてで、なんだか緊張しちゃって」

「初めて？」

「あ、はい。このお店、事務所の先輩に紹介してもらったんです。すごく大事な人と食事に行くって相談したら薦められて。でも僕にはちょっと場違いだったみたいです」

へー、初めてなんだ。……ん？　ていうか今、さらっと『すごく大事な人』とか言いませんでした？　計算で言ってるの？　それとも天然？

美咲は頭を振る。ダメだダメだ、相手のペースに飲まれちゃいけない。

「新しいお仕事はどうなんですか？　カメラのお仕事なんですよね？」話題を変えよう

と訊ねてみる。

「はい。あ、でも三人いるアシスタントの一番下っ端なんです。毎日撮影の準備をしたり、荷物を運んだり、雑用みたいなもので。それにいつも怒られてばかりで」

晴人は眉を下げて苦笑いを浮かべた。

「しかも僕、要領悪いから全然仕事終わらなくて事務所に泊まってばかりなんです。あ！　今日は大丈夫ですよ!?　ちゃんとお風呂入りましたから！」

慌てたように顔の前で手を振る晴人は、いたずらがバレたことを誤魔化す子供みたいで少し可愛らしく思えた。

料理が運ばれてくると、あまりに美味しそうで緊張は吹っ飛んで食欲が湧いてきた。ウェイターが「レモングラス風味の白イチジクとフォアグラのテリーヌ・モザイク仕立てでございます」と料理を説明してくれたが、名前が長すぎていまいちよく分からない。でも一口食べるとあまりの美味しさに「んー！」と目を見開いた。

そんな美咲を見て、晴人は目尻を下げて嬉しそうに微笑んでいる。

料理はゆっくり運ばれてきたので晴人の仕事の話をたくさん聞いた。彼は今、澤井《さわい》恭介《きょうすけ》という広告カメラマンの下で働いているらしい。写真について門外漢の美咲はその人のことをよく知らない。でも広告写真の世界では有名人のようだ。

「そんな有名な人の事務所で働けるなんてすごいですね」

「ラッキーだったんですよ。雑誌の求人広告を見てダメ元で応募したら、まぐれで通っちゃって。どうして雇ってもらえたのか未《いま》だによく分からないんです」

それから彼は、澤井が撮る写真の素晴らしさを身振り手振りで楽しげに話した。ワインのフォローもあったと思う。でもこの日の晴人は前よりずっと饒舌《じょうぜつ》だった。仕事が楽しい、そんな雰囲気が会話の端々から感じ取れた。

美咲はオランデーズソースがかかったホワイトアスパラガスを口に入れると、ふーん、頑張ってるんだ……と心の中で呟く。なんだか見違えた晴人に少しだけ戸惑う自分がいる。そしてやっぱり思ってしまう。彼が頑張ってるのって、わたしのためなのかなぁと。うぬぼれすぎかな。また写真に携われて、それが嬉しくて頑張ってるんだよね、きっと。でも……美咲は口元を綻《ほころ》ばせた。頑張ってるみたいでよかったな。

「いっこ訊いてもいいですか？」

美咲の言葉に彼はナイフとフォークを止めた。

「前も訊いたかもしれませんけど、朝倉さんはどうしてカメラマンになりたいって思ったんですか？　なにかきっかけがあったとか？」

「きっかけってほどじゃないですけど」と晴人は口元をナプキンで拭いて、恥ずかしそうに笑顔を作る。

「子供の頃、家族旅行に行ったとき、父のカメラで写真を撮ったことがあったんです。

空とか雲とか神社とか手当たり次第に写真に収めながら、カメラってなんだか魔法の道具みたいだなぁって思ったんですよ」

「魔法の道具？」

「風景や人の笑顔をハサミみたいに切り取って写真に閉じ込めちゃう魔法の道具です」

たしかにそうかも。美咲はパンを齧《かじ》りながら頷いた。

「人って忘れたくないこともいつか忘れちゃうし、時間は流れてて同じ時は二度と訪れないけど、でも写真があればずっと忘れずにいられるんですよね。そんなことを考えてたら、誰かの大事な瞬間を写真に収める仕事がしたいって思うようになったんです」

絆創膏《ばんそうこう》の巻かれた人差し指で鼻の頭を撫でながらたどたどしく話す晴人。その顔を見ていたら、ちょっとだけ胸が熱くなってきた。彼と目が合う。驚いてテーブルクロスに視線を落とした。

「あの、もしよかったらなんですけど――」

晴人は緊張した面持ちでワインを一気に飲み干す。

「いつか見てくれますか？　僕の写真」

恥ずかしさのあまりワンピースの袖をいじりながら困ってると、

「あ、すみません！　冗談です！　いや、冗談じゃなくて、なんていうかその……」

大きな深呼吸をひとつ。それから震える声でこう続けた。

「これからたくさん勉強してたくさん腕を磨きます。だからいつか自信作が撮れたら、そのときは僕の写真を見てください。もちろん、気が向いたらでいいので」

微《かす》かに首を縦に振って「じゃあ気が向いたら」と答えるのが精一杯だった。

「よかった……。あ、それからもうひとつ――」

「えぇ!?　まだあるんですか!?」思わず本音が飛び出てしまう。晴人は「すみません」と申し訳なさそうにテーブルの下から包装された小箱を出す。そして「誕生日、遅くなっちゃいましたけど」と美咲にそれを渡した。

「プレゼント?」びっくりして口を閉じるのを忘れてしまった。

「仕事で使える物がいいなって思ったんですけど、買ってから趣味じゃなかったらどうしようって気付いて。こっちも気が向いたらでいいので、よかったら使ってください」

箱を開けると、中にはシザーケースが入っていた。新品の革の良い匂いが鼻孔をくすぐる。桜色のヌメ革のシザーケース。美咲は「可愛い」と笑みを漏らした。

「美咲さんの色だなぁって思ったんです」

「わたしの色?」

「桜のような……美咲さんの色だって」

急にそんなことを言われたから恥ずかしくて顔が熱くなった。

「あ、いや!　一緒にお花見に行ったから、多分そんな風に思ったんだと思います!」

晴人は自分の発言が恥ずかしくなったのか、照れを隠すように身振り手振りで言い訳をした。その姿を見て、ふふふと吹き出してしまう。

「本当にもらっちゃっていいんですか？」

「もちろんです」

「ありがとうございます。今使ってるシザーケースがだいぶ傷んでたので買い替えようか迷ってたんです。大切に使わせてもらいますね」

「気に入ってくれたならよかったです」彼は安堵《あんど》したように背もたれに身を預けた。

食後のコーヒーを飲んでいるとウェイターが伝票を持ってきた。革の伝票ばさみを開いた晴人の表情が微かに強張《こわば》る。相当高かったんだろうな。お店の雰囲気と料理の味から見て――舌に自信なんてないけど――おそらく三万円は超えていると思う。

プレゼントをもらった上にそれほどの額を払わすのは忍びないと思いバッグから財布を出すと、「ここは僕が！」と晴人が大慌てで固辞した。何度か食い下がったが、彼は頑《かたく》なだった。なんだか悪いことしちゃったな。美咲は肩をすぼめた。

外に出ると雨が降っていた。店の軒先で二人並んで降り落ちる雨を見上げていると、ウェイターがビニール傘を一本くれた。晴人はその傘をこちらに見せて「一緒で、いいですか？」と石のように硬い表情で訊ねてきた。美咲はこくりと頷く。

そして二人はひとつの傘に収まって駅までの道を同じ歩幅で歩いた。行きは近く感じた道も、相合傘で歩くとなんだかとても遠く感じる。晴人は肩が濡《ぬ》れないように、少しだけ傘を傾けてくれている。そんな気遣いが嬉し恥ずかしい。気付かれないように晴人の顔を見た。こうして見ていると、やっぱり男の人なんだなぁと思ってしまう。目線の高さに喉ぼとけがあって首回りもがっしりしている。それに毎日重いものを運んでいるからだろうか？　細身のチノパン越しに見える足回りの筋肉も——、

晴人がこちらを見たのでびっくりして視線を外した。そして動揺を隠そうと「やっぱりわたしも半分出しますよ」と早口で言った。

「プレゼントまでもらっちゃったし、さすがに悪いです」

「本当に大丈夫です！　ご馳走《ちそう》させてください！」晴人は濡れた犬みたいに首を振る。

そうは言うけど、きっとお給料だってそんなに高くないはずだ。相場は知らないけど。自分のためにたくさんのお金を使わせるのは申し訳ない。どうしたものかと手に下げたプレゼントの入った紙袋を見つめた。今度なにかお返しを——、

「あ！」と美咲は立ち止まる。「じゃあせめて、お返しさせてください！」

美容室・ペニーレインの鍵を開けると急ぎ足で店内の灯りを点《つ》けた。そして外で待っていた晴人を「どうぞ」と中へ促す。彼は緊張した足取りで店内に踏み入ると、「本当にいいんですか？」と不安そうに眉を下げた。

「お返しだなんて、そんな気を遣ってくれなくても」

「いいんですいいんです。せめて髪くらい切らせてください。それにそんなに伸ばし放題だと職場で怒られちゃいますよ」

晴人はボサボサの頭を恥ずかしそうに撫でた。

「さ、座ってください」と椅子の背もたれをポンと叩く。晴人が腰を下ろすと、カットケープをかけて「全体的に短くする感じでいいですか？」と訊ねた。夜も遅いし、整髪料もつけていないからシャンプーは省くことにした。

さっきもらった桜色のシザーケースを腰につけて「どうですか？」と鏡越しに見せると、晴人は嬉しそうに「すごく似合ってます」と笑ってくれた。鏡に映るシザーケースはやっぱりすごく可愛らしい。思わず頬が緩んでしまう。

久しぶりに触れた彼の髪はとても柔らかく思えた。そんなことを考えたらなんだか気持ちが落ち着かない。

美咲は呼吸を整えカットをはじめる。襟足からトップまで切り、サイド、前髪へとハサミを進めていく。ベースカットが終わるとドライをして量感調整。髪の根元から毛先にかけてセニングを入れていく。最後に質感を見ながら細かい調整をして仕上げる。

「どうでしょう？」晴人の後ろで鏡を広げると、「ありがとうございます。すっきりしました」と切りたての髪を見て目を弧にして笑ってくれた。

短時間で仕上げたにしては結構うまく切れた気がするぞ。美咲は満足げに頷いた。

それから髪を洗うために彼をシャンプー台へ連れて行き、顔にガーゼをかけてシャワーで髪を優しく濡らす。

「なんだか逆に気を遣わせちゃいましたね」ガーゼの下で晴人が言った。

「こちらこそ。でも初任給って普通ご両親になにかプレゼントするものじゃないんですか？　わたしなんかのために使ったらバチが当たっちゃいますよ」

髪を濡らしながら冗談めかして笑った。

「……美咲さんがよかったんです」

「え？」

「あのとき美咲さんが背中を押してくれたから、僕はまたカメラをはじめることができたんです。まだ下っ端のアシスタントで仕事も全然できないけど、それでも夢っていうか、そういうのを捨てずに済んだのは美咲さんのおかげなんです」

「わたしはなにもしてないですよ！　あのときはなんていうか、言いたいこと言っちゃっただけですから！」

一度妙に意識してしまうと、いつもしているシャンプーがなんだか特別な行為のように思えてくる。彼の形の良い頭に触れるのが恥ずかしい。顔が熱くて火を噴きそうだ。

「美咲さん」

凝視できずチラッと目線だけ向ける。

「ずっと嘘ついてて、すみませんでした」

「いえ、そんな……」

「でもいつか、この嘘は本当のことにします」

決意の込められた力強い声。聞きながら美咲は思った。

彼はあの嘘を本当のことにしようとしている。怒られたり、寝る暇がなくても、わたしとの約束を果たそうと頑張ってくれているんだ。

――僕はあなたに相応しい男になってみせます！

あの約束を叶えるために。

「……どうしてですか？」

訊きたいと思ってしまった。

「どうして、わたしなんですか？」

ずっと不思議だった。どうしてわたしを好きになってくれたんだろう。確かめたい。

そう思ってしまう。でも言ったそばから変なことを訊いちゃったと後悔した。

だから咄嗟《とっさ》に照れを隠そうと、

「わたしそんなたいそうな女じゃありませんよ!?　過大評価ですよ絶対！　どこにでもいる女だし、美人ってわけでもないし、スタイルだって全然ダメだし、性格だって結構おっさん入ってるし、それにカッとなったらすぐ怒鳴っちゃうし、それから──」

「それでも、あなたがいいんです」

その言葉に息が止まった。

「いつも髪を切ってくれる姿を見て思っていました。僕はなにしてるんだろうって。カメラをやめて、毎日当てもなく生きている自分が恥ずかしくなったんです。美咲さんみたいにもっとひたむきに仕事に向き合えばよかったって、ずっとそう思っていました」

なんて答えていいか分からないままシャワーの蛇口をひねった。彼も緊張しているのか、ズボンをぎゅっと握りしめている。気まずさが二人の間に流れはじめた。

「でも朝倉さんだって今のお仕事頑張ってるじゃないですか」

わざと明るく振舞った。しかし晴人はなにも言ってくれない。ガーゼで顔が隠れているからなにを思っているのか分からない。

気まずい。なにか言ってほしい……。

すると、ぽつりと呟いた。

「美咲さんに恋をしたからですよ」

震える声。震える指。一生懸命の告白に胸の奥がつんと痛くなる。

「僕は、あなたを好きになれてよかったです」

温かいシャワーが少し荒れた美咲の手を濡らしていく。二人の間に言葉はない。シャワーの音だけが木霊《こだま》する店内。美咲は音を立てないようにそっと呼吸をする。口を開けば心臓の音が彼に聞こえそうな気がしたから。

返事、した方がいいのかな……。でもなんて？　困ったぞ。抽斗がなさすぎる。「どうもどうも」じゃ軽すぎるし、「恐縮です」もちょっと違う。じゃあ嬉しいです？　でも嬉しいって言ったら告白を受け入れているようだし──、

「すみませんすみませんすみませんすみませんすみません！」

晴人が突然マシンガンのような謝罪をはじめた。美咲はその声にビクッと肩を震わせ「どうしました？」と後ずさる。

「僕、今めちゃくちゃキモかったですよね!?　顔が見えないからって調子乗ってキモい発言連発しちゃいました！　ホントすみません！　引きましたよね!?」

「……いや、えっと」

「ですよねぇ！　そりゃ引きますよねぇ！　言った僕がめちゃめちゃ引いてますもん！　こんなイケメンの絞りカス以下のゴミ野郎がなに調子乗ってんだって思いますよね絶対！　ごめんなさい！　忘れてください！　ホントすみませんでしたぁ！」

晴人はシャンプーのついた髪のままごろんと寝返りを打って美咲に背を向けた。その耳は焼けた鉄のように真っ赤だった。

そこまで卑下しなくても……。美咲は悶《もだ》える晴人を見ながら、くすりと笑った。

髪を切り終わって店を出てからも、晴人はさっきの発言を気にしているのかほとんど口を開こうとしなかった。

さっきまでの雨はすっかり上がって、水たまりに月の光がぼんやりと浮かんでいる。その水たまりをひょいと跨いで晴人の一歩前を歩く。脳裏にさっき彼が言ってくれた言葉が過る。またちょっとだけ頬が緩んでしまう。

下北沢駅に着くと、二人は無言のまま改札を通り抜けた。

「僕、京王線なので」

「わたしは小田急」

「じゃあここで……」

「今日はごちそうさまでした」

「いえ、僕の方こそ」彼は切りたての髪を撫でた。

「では」と胸の前で軽く手を翳《かざ》す。

「では……」

晴人は名残惜しそうに歩き出す。彼の背中を見つめる美咲。行ってしまう。そう思った途端「あの！」と声をかけてしまった。晴人が振り返る。美咲はバッグのベルトをいじりながら口ごもって俯いた。そして電車の音にかき消されそうな小さな声で「考えてもいいですか？」と呟いた。

「考える？」

「あなたのことです」美咲は顔を上げた。「さっき言ってくれたこと、ちゃんと考えてもいいですか？」

彼は目と口を丸くして驚いている。

「それって……」

「あ、電車来たから！」美咲は逃げるようにエスカレーターを降りていく。

その背中に「待ってます！」と晴人の声が届いた。

振り返ろうかどうしようか迷った。今振り返ったら彼もこっちを見てくれているはずだ。でも照れくさくて振り返れなかった。にやけている顔を見られるのはやっぱりちょっと恥ずかしいから。

有明屋に着くと、鳥串を焼いていた貴司が「遅かったな。どこ行ってたんだよ？」と呼び止めてきた。でも返事をする余裕なんてない。晴人の言葉が頭の中でぐるぐると回し車の中を走るハムスターのように駆け回っている。

「……好きって言われた」

妹の衝撃発言に、兄は「例のカメラ小僧か!?」と目を見開く。常連客たちも「騙《だま》されるな！　美咲ちゃん！」と半べそをかきながら叫んだ。美咲はそんなおじさんたちを無視して階段を上っていく。なんだか雲の上を歩いているみたいで、途中で「痛て《い》」と躓《つまず》いてしまった。

その翌日、美咲は熱を出した。

健康だけが取り柄なのになぁ……。絶対あいつのせいだよ。晴人の顔を思い出して、むぅっと口を突き出した。変なこと言うから知恵熱が出たんだ。

体温計の三十七度八分という数字を見て吐息を漏らす。今日も予約が入っているから仕事を休むわけにはいかない。風邪薬を飲んで自分の身体に鞭《むち》打った。

仕事中は集中していることもあって体調の悪さは忘れられた。でもお客さんが途切れると、身体がだるくて休憩室でぐったりしてしまった。

閉店後の清掃を先輩が引き受けてくれたおかげで、この日は早めに帰宅することができた。駅前のコンビニで栄養ドリンクをごっそり買い込み、兄が作ってくれた温かい雑炊を食べてベッドに入る。

布団の中でぼんやりしていると昨日のことを思い出してしまう。いきさつはどうであれ誰かに好きって言われるのは悪い気がしない。……ん？　でも誰に言われても嬉しいわけじゃないぞ？　常連の大熊さんに好きって言われても困るし店長も困る。チャラチャラしてるから。じゃあわたしは彼に好きって言われて喜んでるの？　喜んでる？　違う違う。あくまで悪い気はしないだけだ。

スマートフォンが震えた。一瞬、彼からだと思ってしまう。でもディスプレイには『綾乃さん』と表示されていた。体調が悪いことを知って電話をしてくれたのだ。

『告白されて、色々考えすぎて熱が出たのかもね』

お兄ちゃんから聞いたんだな……。

美咲は「そんなんじゃないって」と鼻の頭に皺を寄せた。

『美咲ちゃんが恋に悩むなんて珍しいことだもんね～』

「人が熱出してるときにからかうのやめてよ」

『ごめんごめん』と彼女は電話の向こうでくつくつと笑う。『でもさ、もし本当に悩んでるなら飛び込んでみれば？　よく言うでしょ？　見る前に飛べって』

「そんな軽い気持ちで飛べません」

『そうかもしれないけど、でも大事なのは飛びたいと思うかどうかじゃない？』

電話を切ってから布団に潜りこんで晴人の言葉を思い出す。

――僕は、あなたを好きになれてよかったです。

そうは言われたものの、彼のことよく知らないし色々考えると不安の方が大きい。飛びたいかどうかと言われても、わたしは一体どうしたいんだろう？

――誰かに愛されるのってすごくいいものよ。きっと女の子として生まれてきた幸せのひとつだと思う。

綾乃さんはそんな風に言っていたけど、でもこれがその幸せの一歩だと思っていいのだろうか？　あーもう、頭が痛くなってきた！　今はとにかく明日の仕事のために熱を下げることを第一に考えよう。そう思いながら目を瞑った。

＊

こりゃフラれたな。確実にフラれました。だってもう二週間も連絡がないんだから。あなたのことちゃんと考えるって、もしかしてストーカー被害を出すかどうかを考えるってことだったんじゃないのか？　それを僕が勝手に恋愛についてだと勘違いしちゃったんじゃないのか？　うわ、だとしたら恥ずかしすぎる！

晴人はベッドに寝ころんだままスプリングが壊れるくらい飛び跳ねた。

もっと慎重に焦らずにいけばよかったのかもしれない。そう思うと後悔が募る。でも次に会ったときは自分の気持ちを正直に伝えようと決めていた。彼女のおかげでまたカメラをはじめることができた。そのことを、その感謝を、どうしても伝えたかった。

机の上に置かれたニコンＦ３を見た。ずっと押し入れの奥で眠っていたカメラ。再び外の空気が吸えて喜んでいるように黒いボディがキラキラと輝いていた。

「何度失敗したら分かるんだ！　いい加減にしろバカ野郎！」

あくる日、カメラマン・澤井恭介のアシスタントとして働いている晴人は、とある化粧品会社の新作ルージュの撮影準備中にチーフアシスタントの先輩から大目玉を食らった。撮影用のサンプル品のインレター――文字などが印刷されたシール――を綺麗にしておくよう言われたのに、うっかり剝《は》がしてしまったのだ。

気の優しい澤井は「まぁまぁ」と激怒する先輩をなだめる。しかし最後に「でも朝倉君はちょっとミスが多すぎるね」とチクリと痛いところを衝《つ》かれてしまった。

幸い化粧品会社の人が予備のサンプルを持っていたので無事撮影をはじめることができた。撮影の合間、スタジオの隅で項垂《うなだ》れながら弁当をつついていると、先輩アシスタントの市川《いちかわ》真琴《まこと》が「大丈夫？」と声をかけてきてくれた。真琴は後ろで束ねたポニーテールを揺らしながら晴人の顔を覗き込む。「落ち込んでるんだ」と笑う真琴に、バツの悪い顔で「さっきはすみません」と頭を下げた。

晴人は仕事のほとんどを真琴に教えてもらっていた。彼女はアシスタントをかれこれ二年も続けていて、その上、澤井に紹介された代理店の担当者からｗｅｂ広告の風景スナップなども任されている。まだ二十六歳なのに、クライアントからも信頼される前途有望なカメラマンだ。

二つしか違わないのに……。自分の無能さに嫌気が差す。

「元気出しなって。最初は誰でもそんなもんだよ。まぁ、高梨《たかなし》さん厳しいから落ち込む気持ちは分かるけどさ」

高梨というのはさっき激怒していたチーフアシスタントだ。高梨健三《けんぞう》。坊主頭で蛇のように目つきの悪い男だ。臆病者の晴人は高梨に睨《にら》まれると恐怖で縮み上がってしまう。

「怒られて当然です。言われたこと、しっかりできないんですから……」

「そうかもね」と真琴は笑った。「でもここだけの話ね、高梨さんも下っ端の頃は全然仕事できなかったんだって」

「え？　ホントですか？」

「ホントホント。だから――」

「朝倉ぁ！　てめぇ、俺の陰口言ってっと腹ん中に一眼レフ埋め込むぞコラ！」

そう言ってのしのし近づいてくる高梨に青ざめ、「み、みなさんのお茶買ってきますね！」と逃げるようにスタジオを飛び出した。

自分自身要領が悪いことは痛いほど分かっている。仕事を覚えるのは遅いし、言われたことをメモしてもそのメモ自体を失《な》くしてしまう。こんなんじゃいつまで経っても一人前のカメラマンにはなれない。もっとしっかりしなくては……。

自販機から出てきた大量のお茶を取り出し両腕に抱えてスタジオへ戻ろうとする……と、スマートフォンが大きな音を立てた。

うわ、絶対高梨さんだ。ドクターペッパー買って来いって言われるよ。

ディスプレイを見て驚きのあまりペットボトルを地面に落とした。

「もももももし⁉」興奮して声が裏返ってしまった。

『お久しぶりです』

電話の相手は美咲だった。

『ずっと連絡しなくてすみません。熱がなかなか下がらなくて』

「熱？　体調悪いんですか⁉　大丈夫ですか⁉」

『もう大丈夫です。えっと、あの、朝倉さん……今晩って空いて――』

「ます！　全然空いてます！　ガラガラです！　仕事八時には終わる予定なので、それからならどこでも行きます！」

『じゃあ九時に渋谷で会えたりしますか？』

「もちろんです！」

電話を切って、やたらと乱れる呼吸を必死に整える。

も、もしかして、この間の答え合わせか？　告白の結果報告。わざわざ会ってくれるってことは、まさか……ＯＫ？　いやいやいや！　気が早いぞ朝倉晴人！　昔から期待しすぎてダメージを食らうことばかりだっただろ！　中学二年生のときに告白した京子先輩だって、ＯＫかと思ったらゴリゴリの不良がバットを持って現れたじゃないか！　だから今回も期待しちゃダメだ！　でも、もしかしたら……。

「朝倉ぁ！　なにお茶ぶちまけてニヤついてんだ！　サボってっと口から三脚ぶち込んで殺しちまうぞ！」

不良がバットを肩に乗せるように三脚を担いだ高梨がこちらを睨んでいる。

と、とにかく早く帰れるように頑張ろう。ごくりと唾を飲み込んだ。

撤収作業に手こずってしまい、仕事から解放されたのは八時四十分を過ぎた頃だった。代々木上原の事務所から渋谷までなら自転車を飛ばせば二十分もかからない。疲れた身体に鞭打って必死にペダルを漕《こ》いだ。

金曜日の夜の渋谷は浮ついた空気に包まれており、街を行く若者たちの喧騒《けんそう》は果てしなく響いていた。

自転車を駐輪場に突っ込んで駅前に向かう。五分遅刻だ。こんな大事なときに遅れるなんて。慌てて辺りを見回すと、ハチ公像の前に美咲を見つけた。

「遅くなりました！」

晴人の声に彼女はびくりと肩を震わせた。そしてぺこりと頭を下げると「お仕事帰りにごめんなさい」と小さな声でそう言った。

「そんな！　とんでもないです！　あ、もしよかったら食事でもしませんか？」

「そうですね」なんだかとても無理している笑顔だ。その笑顔が不安にさせる。

やっぱりダメなのかも……。

スクランブル交差点で信号待ちをしている間、美咲はずっと黙っていた。

無言だ……フラれる……終わりだ……もうなにもかも終わりだ。

恐怖で背中が冷たくなる。

すると突然「やっぱダメだ！」と美咲がキャメルオレンジのスカートをきゅっと握って首を振った。

ダメってなにがダメなんですか!?　僕ですか!?　僕がダメってことですか!?

「わたし……ごめんなさい！」

ほらね！　やっぱりね！　フラれましたよ！　ちょっと期待すりゃ、すぐこれだ！

「緊張してご飯とかきっと無理です！」

「ご飯？」晴人はきょとんとする。

「わたし、あれから色々考えたんです。あなたのこと色々……」

美咲は恥ずかしそうに顔を伏せた。

「あんな風に言ってもらったの初めてだから、すごく嬉しかったんです。でも、あなたのこと全然知らないし」

彼女の声は強い風にさらされたときのように震えている。

「そう考えると怖くて、どうしたらいいか分からなくて、すごく迷って……」

でも一生懸命勇気を出して話している。そんな声だ。

「それでなんていうか、その……わたし……」

美咲は「あー！　もう！」と頭を掻き毟《むし》った。

「うじうじしてごめんなさい！　ちゃんと言います！」

信号が青に変わり、美咲が晴人の顔をまっすぐ見つめた。

「わたしも、あなたのこと好きになりたいです！」

人の波が二人を追い越して歩き出す。

「だから……わたしでよかったら――」

街の灯りが彼女の赤らんだ頬を美しく照らした。

「付き合ってください」

この街にどれだけの人が溢《あふ》れていても、どれだけの喧騒で埋め尽くされていても、彼女の声だけははっきり聞こえた。

「……いいんですか？」

美咲は「はい」と頷いた。

「やったぁ―――――！」

溢れ出す喜びを抑えきれず大声で叫んだ。道行く人が二人に注目する。美咲が「ちょっとぉ！」と彼のシャツの裾を引っ張ると、晴人は肩をすぼめた。そして満面の笑みを浮かべて彼女に言った。

「ありがとうございます。美咲さん」

「いえ、そんな。こちらこそです」

恥ずかしそうにはにかむ姿はなんとも愛らしい。

その笑顔を見て晴人は思った。

人生はほんの一瞬で大きく変わる。信号が赤から青に変わるくらいの短い時間で、人はこんなにも幸せな気持ちになれるんだ。

そんな幸せをくれたのは、彼女だ。

嘘つきでどうしようもない僕を許し、好きになりたいとまで言ってくれた彼女。これからずっと大切にしていきたい。そしていつか美咲さんに相応しい男になりたい。

晴人は左耳に触れた。

微かに痛むその傷痕に彼はそっと願いを込める。

この幸せがいつまでも続くように。

美咲との未来がこの東京の夜のように輝くようにと。

そう願わずにはいられなかった。
決して叶うことのない、その願いを……。

第二章　夏

七月に入ると雨の季節が終わり本格的な夏がやってきた。

寝苦しい夜が続くと思わずクーラーのリモコンに手を伸ばしたくなってしまう。でもそのたびに、こんなに早い時期からクーラーを使っていたら電気代が大変なことになってしまうと、貧乏性の血が騒いで扇風機とにらめっこする夜を過ごした。

ここ最近美咲はずっと忙しい。誰もが夏への期待を込めて髪型を変えようと思うから、予約はいつもいっぱいだった。

この日も朝から立て続けに四人のお客さんの髪を切った。

午後二時、少し遅めの昼食を食べながら小さくため息を漏らす。肩が凝って足腰がやたらと怠《だる》い。やっぱり前より体力が落ちた気がする。疲れが取れないのはいつものことだが、ここのところ目もかすむようになってきた。美容師にとって目は大事だ。ハサミを扱うから万一のことがあったらお客さんに怪我を負わせてしまう。晴人のように。

美咲は彼の耳たぶを切ったときのことを思い出す。

まさかあの『耳たぶ事件』をきっかけに付き合うことになるなんて夢にも思ってなかった。正直顔はあんまりタイプじゃないし——って言ったら彼に失礼だけど——カメラマンだと嘘までつかれていた。なのにどうして付き合うことになったのか今でも本当に不思議だ。でも付き合いはじめてひと月以上、おかげさまで交際はとりあえず順調に続いている。別に誰のおかげってわけでもないけれど。

昼食を食べ終えると気分転換に散歩に出かけることにした。

店の外に足を一歩踏み出すと、むわっとした熱気が全身を包んでたまらず空を見上げた。そんなにこの世界が憎いの？　って思うほど太陽はギラギラと燃えている。

陽《ひ》の光が乱反射するアスファルトをのんびりと歩き、近所の公園のベンチで一休みしていると、木陰でぶち猫がすやすや寝息を立てているのを見つけた。ちょっと前に晴人におにぎりみたいな猫の写真集を見せてもらったから近頃美咲は猫に夢中だ。

あまりの可愛さにスマートフォンのカメラを向けると、ぶち猫は「邪魔するなよ」と言いたげにじろりと睨んでどこかへ行ってしまった。

悪いことしちゃったなぁ。申し訳なく見送っていると手の中でスマートフォンがぶるぶると震えた。ディスプレイを見て笑みが浮かぶ。晴人からのメールだ。

【今日は日曜だから忙しいんでしょうね……。でも明日は休みです！　頑張ってください ね！　あ、それから体調も気を付けて！】

なんだか保護者みたいな文章で思わず、ふふふと笑ってしまう。

心地よい風が木陰に寄り道してくれたおかげで辺りはさっきよりも涼しくなった。シラカシの葉が風に吹かれて騒ぐ中、ベンチに腰かけ返信メールを打った。


【はーい。頑張る。晴人君も仕事がんばってね】


ちょっと淡泊すぎ？　とりあえずハートマークはつけておこうかな。

まさか自分がハートを使うなんて思ってもいなかった。彼が絵文字をよく使うから、なんだかつられて使うようになってしまった。でもこんな風に影響されながら自分が変わっていくのはちっとも悪い気がしない。むしろ心地よいと言っていい。だから前より心は安らかだし、仕事で嫌なことがあっても気にしないようになった。気持ちに余裕ができたってことかな？　そんな心のゆとりをくれた晴人にとても感謝していた。

でも本音を言えばそろそろ敬語はやめてほしい。それから手くらい繋《つな》いでほしいんだけどな。これって求め過ぎじゃないよね？　付き合ってもうひと月以上経つんだから。

ここ一ヵ月、二人は仕事の合間を縫って短い時間でも会うようにしていた。仕事帰りに映画のレイトショーを観に行ったり一緒に食事をしたり。初めは会話もたどたどしくて、喫茶店で顔を向き合わせて黙っている時間が長かった。でもだんだんと共通の話題が増えていって晴人という人が少しずつ分かってきた。彼は——嘘をついていた前科はあるものの——すごく真面目だ。優柔不断でリードは苦手だけど、それでも毎日メールや電話をくれて仕事や体調のことを気にかけてくれるマメな性格。付き合うようになった経緯が経緯だけに変な奴じゃなくて良かったと改めて思う。不満はそこそこあるものの、でもそれ以上に彼の優しさに甘えたくなる自分がいる。そんなゆりかごのような優しさが今の美咲にはなにより心地よかった。


そんなある日、美咲はまた熱を出した。

ここ最近体調を崩すことが多い。微熱が一週間以上続き、市販の風邪薬では体調は一向に良くならない。体温計が示す三十八度という数字を見ると気が滅入ってしまう。仕事が休みでよかった。とりあえず今日一日は眠って体力回復に費やそう。

熱が出たことを貴司に伝えると、「病院行ってこいって何度も言ってるだろ！」と少しきつめの口調で怒られてしまった。

「ただの夏風邪だって。駅前の黒木先生のとこ行ったけど、特に異常なかったし」

「でも一応念のため、大学病院でも検査しろって紹介状もらったんだろ？」

「ちゃんと行くって、もう」

「とにかく今日は寝てろ。俺、今から銀行行ってそのまま買い出ししてくるから、帰りは夕方になるぞ。大丈夫か？」

「平気。子供じゃないんだから」

「なにか欲しいものは？」

「ゼリー食べたい」

「子供か？　食い物のことばっかだな」

「うるさいなぁ。あとアイスも。ガリガリ君がいい」

「分かったよ」

貴司はやれやれといった様子で出かけていった。一人きりの家は妙に静かで居心地が悪い。普段賑やかな居酒屋だけに特にそう感じる。風邪薬を飲んで扇風機を弱にしてタオルケットに潜り込むと晴人に送るメールを作った。熱が出たと言ったらきっと心配するだろうな。でもちょっと心配してほしい気もする。だから結局送ったメールの文面は、

【また熱が出ちゃった……。でも微熱だから大丈夫(>_<)】


と、心配してほしいのか遠慮してるのか、よく分からないものになってしまった。

今日は休みだって言ってたからすぐに返信くれるかなぁ。期待しながら目を瞑っていたけど返信はちっともこない。「ふーん、無視ですか」と唇を尖らせてタオルケットに

くるまると、やがて浅い眠りの中に落ちた。

昼過ぎ、お腹が減って目が覚めると身体は随分楽になっていた。熱を測ってみると三十七度まで下がっていてホッと胸を撫でおろす。

兄が出がけに作ってくれたおじやを食べながらワイドショーをぼんやり観ていると、晴人から電話がかかってきた。

『美咲さん、大丈夫ですか!?』心配で心配でたまらないといった様子が声に籠《こも》っている。取り乱すその声がちょっと嬉しい。

「うん、もう熱下がったから大丈夫だよ。心配かけてごめんね」

『とんでもないです！　あ、薬とか必要だったら言ってくださいね!?　すぐ持っていきますから！』

ふーん。持ってきてくれるんだ。美咲はふむふむと頷き、壁の時計に目をやった。兄が帰って来るまでもうしばらく時間がある。

呼んじゃおうかな。いやいや、でもお兄ちゃんと鉢合わせしたら面倒なことになっちゃうしなぁ。でも最近忙しくて会えてなかったし。う〜ん、やっぱりちょっと会いたい気がしてきたぞ。

美咲は咳払《せきばら》いをひとつした。

「じゃあ、お言葉に甘えちゃっていいですか？」

晴人は三十分も経たないうちにやって来た。あまりの早さにスマートフォンを手に飛び起きる。

「お店の脇の階段上がると勝手口があるから。あ、でもドアの前で待ってて!」

電話を切って散らかった部屋を見渡す。

片付けなければ! 大慌てで置きっぱなしになっているシャツや下着を押し入れに突っ込み、コロコロでカーペットを掃除する。ぐちゃぐちゃのタコ足配線はこの際気にしないことにしよう。あと念のため消臭スプレーも撒《ま》いておこう。

よし、とりあえず準備OKだ。そう思って部屋を出ようとしたとき、襖の横の姿見を見て「あ!」と声を上げた。

ヤバい、メイクしてない! Tシャツもヨレヨレだ! 『THE京都』って書いてあるし!

持っている部屋着の中で一番可愛いものに慌てて着替えて、すっぴんをマスクで隠す。そして手櫛《てぐし》で髪の毛を整え「よし」と勝手口へ足を向けた。

ドアを開けると、晴人は両手いっぱいに栄養ドリンクやら風邪薬やらポカリスエットを抱えて息を切らせながら立っていた。額に浮き出た玉のような汗が急いで来てくれたことを物語っている。

「どうぞ」と促すと、彼は「お、お邪魔します」と慎重な足取りで中へ入る。まるで探検家が人類未開の地に足を踏み入れるように。

晴人を自室に通してからあることに気付いた。

そういえば彼氏を部屋に招いたのは初めてだ……。

そう思った途端、胸がお祭りの太鼓みたいに激しい音を立てる。

困った。なにを話せばいいんだろう？　とりあえずこの沈黙をなんとかしなくては。

「あ、うち来たの初めてだったよね!?　古くてびっくりしたでしょ？」

「そんなことないですよ！　僕の実家の方が全然古いです！　築三十年も経ってて、ボロボロすぎて笑っちゃいますよ！」

「へぇ……。でもうち、築四十年なんだ」

「へぇ……。見えないなぁ」晴人は口の端をひくひくさせた。

「でもせっかくの休みなのに悪かったね。わざわざ来てくれてありがと」

「そんな。頼ってくれて嬉しいですよ」

そっか、嬉しいのか……。マスクの下でニヤニヤしながら彼が買ってきてくれた救援物資をカーペットの上に広げる。

「こんなにたくさん買ってきてくれたんだ。あ、ゼリーもある」

「美咲さん、前にこのゼリーが好きだって言ってたから」

覚えててくれたんだ。美咲は「分かっていらっしゃる」と彼を褒《ほ》めてあげた。

「でも、のど飴《あめ》も買ってくればよかったですね」

「のど飴？」

「だってほら、マスク」と彼は自身の口元を指さした。「喉痛いんじゃ……あ、咳ですか!?　そっちかぁ！　咳が出るときはハチミツをお湯に溶かして飲むと――」

「違うの」

「え？」

「そうじゃなくて」

美咲は恥ずかしそうに俯く。

「……すっぴんなんです」

「すっぴん？」

「お化粧してないから恥ずかしくて、それでマスク……」

晴人は言葉の意味を理解したようで「あぁ、なるほど」と口を丸くした。

「すみません、気付かなくて」

「いえ、こちらこそ紛らわしくてすみません」

気まずい沈黙が二人の間に流れる。晴人は正座をしたままなにやら思案している。

な、なにを考えているんですか？　美咲は警戒して眉をひそめた。

「美咲さん」彼が神妙な面持ちでこちらを見た。「もしよかったらなんですけど」

「はい……」

「すっぴんを見せてもらうわけには――」

「ダメに決まってるでしょ!?」

「すみません」晴人はしゅんと肩を落とす。

無理無理無理、すっぴんなんて見せられない。美咲は身を守るように膝を抱える。そして膝頭に額を押し当てながら「童顔なの」と呟いた。

「わたし、メイクしてないと子供みたいな顔してるの。だから見たら笑うと思うし」

「笑いません！　誓います！」

「誓われても困るけど……」

「あ、いや、でも絶対笑ったりしませんから！」

そんなに見たいのか？　哀願するような視線が痛い。

どうしよう……。膝を抱える手に力を込めた。

「……笑わない？」

「え？」

「本当に笑わない？」

「はい！　もし笑ったら二、三発ぶん殴ってください！」

「なにその自信……」

「あります！　自信！」

いや、そんな政治家みたいに拳を握られても……。

期待を込めた眼差しに、もう逃げられなさそうだと観念すると、

「じゃあ……ちょっとだけなら」

「本当ですか!?」

「そんなに嬉しいの!?」

「嬉しいですよ、そりゃあ！」

彼は首が落ちちゃうんじゃないかと思うほど激しく頷いた。

なんですっぴんを見られるのが嬉しいんだろう？　男の人のこの辺の心理はよく分からない。ていうかわたし、お兄ちゃん以外の男子にすっぴんを見せるの生涯初だぞ。ヤバい……。なんだか顔が熱くなってきた。

「では失礼します」

晴人は座布団から尻を上げると、四つん這《ば》いでこちらに近づいてくる。

「ちょ、ちょっと待って!?」

驚いて後ずさる美咲を見て、「え？」と停止する晴人。

「晴人君がマスク外すの？」

「ダ、ダメですか？」

「ダメじゃないけど……」

自分で外したいのか？　これも男心なのか？

「それでは……」と晴人が近づいてくる。鼓動が高鳴ってまた熱が出そうだ。彼の細くて形の良い指が左耳に迫るとたまらず目を瞑った。髪をかき分け指が優しく耳に触れる。くすぐったくてびくっと震えてしまう。

マスクが外れて少し幼い美咲の素顔があらわになる。黙って見つめる晴人。堪えきれず「なんか言ってよ」と顔を伏せた。

「可愛いです……」

その言葉が耳を熱くさせる。恥ずかしさやら照れくささでもうわけが分からない。身体の温度調節機能が壊れてしまったみたいだ。この時間が早く過ぎ去ってほしいような、ずっと続いてほしいような、色んな感情が胸の中でぐるぐる回って困ってしまう。

「そんなことないっすよ」美咲は球体になってしまうくらい身を丸めた。

「そんなことないことないっすよ！　とっても可愛いっすよ！」

ちょっとあざとかったかな。「そんなことない」って言えば否定してくれる気がした。もう一度「可愛い」って言ってほしかったからわざと言ってしまった。

「あの、美咲さん？」

顔を上げると彼は一眼レフカメラを構えていた。

「可愛いついでに写真撮ってよろしいでしょうか？」

「絶対ダメ」

「そこをなんとか！」

「すっぴん撮られるなんて嫌に決まってるでしょ!?　ていうか、いつの間にカメラ出したの!?」

晴人は残念そうにカメラを下ろした。その顔は飼い主が外出するときの小型犬みたいでなんだか可愛らしかった。美咲が喉を鳴らして笑うと彼も釣られて笑顔になった。すると、どちらからともなく目が合った。晴人の顔から笑みが消える。心臓がせわしなく胸を叩く。そしてゆっくりと彼の唇が近づいて──、

「キスしたら殺すからな！」

晴人が垂直に飛び跳ねた。振り返ると貴司が眉間に渓谷みたいな深い皺を寄せてこちらを睨んでいる。晴人の顔が地球のように青くなる。

「……お、お邪魔してます」

「はぁ!?」

「怪しいものではありません！」

「はぁぁ!?」

晴人は大慌てでデイパックのポケットから名刺を取り出し、腰が引けたまま名刺を差し出す。

「美咲さんとお付き合いしている朝倉晴人といいます！　以後お見知りおきを！」

貴司は名刺をくしゃくしゃに丸めて廊下に投げ捨てた。

「はぁ――――ん!?　てめぇ、キスして名刺交換とかナメてんのか!?」

「ナメてません！　それにまだキスなど一切しておりません！」

「まだぁ!?　てことは、いつかはするつもりってことか!?」

「違います！　いや、でもいつかは……し、しません！　絶対しません！　あ、でも」

「なに一人で葛藤してんだ！　さっさと帰れ！　この変態カメラマン！」

貴司にデイパックを投げつけられて晴人はひっくり返る。美咲が「もう無理、逃げて」とアイコンタクトを送ると、彼は泣きそうな顔でこくんと頷いた。

「なにアイコンタクトぶっこいてんだよ!?　目ん玉くりぬくぞ！」

「し、失礼しました！」晴人は脱兎のごとく部屋を飛び出した。

お兄ちゃんがまさかこんなに早く帰ってくるとは。貴司がむすっとしながら部屋を出て行くと、心の中で彼に詫びた。ごめんね、晴人君……。

しばらくするとベッドの上のスマートフォンが鳴った。晴人からの電話だ。

『もしもし、美咲さん？』

「ごめんね、びっくりしたよね？」

『心臓止まるかと思いました』彼の声はまだちょっと震えていた。

「だよね、ごめん」電話の向こうの晴人に頭を下げる。

『窓、いいですか？』

「窓？」とベッドの横の窓を開けると晴人が店の前からこちらを見上げていた。美咲が、ごめんと肩をすくめると彼は笑顔で首を横に振ってくれた。

「早く元気になってくださいね」

微笑む晴人を見ながら思う。

彼はなんだか薬みたいだ。この身体を、気持ちを、とっても軽くしてくれる。

「それで元気になったら一緒に花火大会に行きましょう」

笑顔で頷いた。「じゃあすぐ元気になるね」

彼が帰ってしまってからも、しばらく外の景色を眺めていた。

夕暮れが近づくと優しい風が部屋に迷い込んできた。その風を浴びながらさっき彼が言ってくれた言葉を思い出す。

――可愛いです……。

そんなこと言われたの初めてだ。嬉しくて何度も何度もはにかんでしまう。そして改めて思う。あのとき彼の告白を受けてよかったなぁ……と。

夜、貴司が作ってくれた卵とじうどんを食べて風呂に入った。浴室の鏡を眺めていると白髪がまた増えたことに気付いた。大学病院で検査を受けろと言われたこととなにか関係があるのだろうか。不安な気持ちが背中を冷たくさせる。

ベッドに入ると眠気がすぐにやってきた。しかし深夜三時を過ぎた頃、全身に奔る鋭い痛みで目を覚ました。身体中の関節が痛くて寒気と頭痛で思わず声を上げた。今までにない痛みに一瞬なにが起きたのか分からないくらいだ。枕元の体温計で熱を測ると三十九度を超えている。貴司が急いで氷嚢《ひょうのう》を持ってきてくれた。

「ちゃんと病院で検査してもらってこいよ。分かったな?」

美咲は小さく頷いた。

——元気になったら一緒に花火大会に行きましょう。

早く元気にならないと。晴人君と約束したんだから……。

＊

電話が鳴った。その瞬間、床掃除をしていた貴司はびくりと顔を上げた。

それはいつもの電話とは異なる鳴り方のように思えた。なにかの〝予感〟を含んだそんな鳴り方だ。以前にもこの感じを味わったことがある。父と母が亡くなったときだ。警察から事故の報せを受けたときも電話のベルはこんな風に不気味な音を響かせていた。

モップを椅子に寄りかからせると、腰にぶら下げたてぬぐいで手を拭いて気持ちを落ち着かせる。大丈夫、気のせいだ。そして慎重に受話器を取った。

「はい、有明屋です」

相手の言葉を待つひと時がやたらと長く感じる。苛立《いらだ》ちすら覚えるほどに。そして、電話の向こうの人物はゆっくりと話し出した。

『私、慶明大学病院で遺伝疾患の専門医をしております神谷《かみや》と申します』

病院？　遺伝疾患？　受話器を強く握った。

『有明美咲さんのご自宅でしょうか？』

「はい」

『失礼ですが――』

「兄です」

『そうですか』医師は数秒黙り込んだ。そして丁寧な口調で貴司に告げた。

『妹さんに取り急ぎお話ししたいことが――』

突然夜になったように目の前が真っ暗になった。

翌日の土曜日――。貴司の心中は暗澹《あんたん》としていた。医者からの突然の電話、遺伝疾患、急ぎの話……。詳細は教えてもらえなかったが、先日受けた検査について追加で調べたいことがあるらしい。でも熱が下がってから美咲はずっと体調が良かった。食欲もあるし顔色もいい。あの高熱は嘘だったんじゃないかと思うほどだ。そんな妹を見ていると励まされる。こんなに元気なんだ。悪い病気のはずがない。

「なぁ、美咲……」貴司は病院から連絡があったことを打ち明けようとした。

「ねぇねぇ、綾乃さんといつ籍入れるの？」

不意の質問に言葉は行き場を失くす。

「……あいつ今仕事が忙しいんだよ。それが落ち着いてからだな」

「そんなこと言ってて愛想尽かされても知らないからね～」

「うるせぇよ」

「あ、わたし夕方すぎには家出るからね」

「今日土曜日だろ？　仕事じゃねぇのかよ？」

「も～、昨日言ったじゃん。お店臨時休業なの。内壁工事だって」

「そういえばそんなこと言ってたな。どこ行くんだよ」

「花火大会。晴人君と行くんだ」美咲はコーヒーカップを手に嬉しそうに目を細めた。

その笑顔を見て「そうか」と曖昧に笑い返す。すると、

「変なの」

ぎくりと肩が震えてしまう。「なにが変なんだよ？」

「いつもみたいに、男とチャラチャラ遊んでんじゃねーって言わないんだ」

「ばーか」貴司は作り笑顔を浮かべて立ち上がる。

「どこいくの？」

「買い出しだよ」

そう言って、そそくさと勝手口へ急いだ。


パチンコ屋の騒音を聞くのは久しぶりだ。

綾乃と付き合いはじめた頃、ギャンブルで借金を作ったことがあった。美咲も綾乃も激怒して、それ以来パチンコはやめていた。昔はこの音を聞くと胸が高鳴っていたのに……でも今は違う。パチンコ台の中を落ちていく銀色の玉も、バカみたいに光る台も、店内に流れる音楽も、なにもかもが煩わしいとしか思えない。でもどうしても家に帰りたくなかった。美咲がまだ家にいるだろうから。

病院から連絡があったことを早く伝えるべきだ。何度もそう思った。しかしその反面、もし悪い病気だったらという予感が消えない。いや、そんなはずはない。医者は遺伝疾患の専門医と言っていたが、うちの家系で遺伝子の病気になった奴なんて聞いたことがない。だから大丈夫だ。でも、もし万が一……。

貴司はパチンコ台のハンドルを強く握りしめ、シーソーのように揺れ動く心を必死に落ち着けようとした。

夕方になったら彼氏と花火大会に行くってあいつは浮かれていた。楽しそうに、バカみたいに笑ってた。子供みたいな顔して笑っていたんだ……。そんな美咲が悪い病気のわけがない――。

パチンコ台が大げさに当たりを告げた。

隣に座っていた中年男性が「やるねぇ！」と肩を叩いてきた。しかし男は貴司の顔を見て眉をひそめる。「どうした、あんちゃん？　嬉しくないのか？」

貴司はなにも言わずに立ち上がると力なく歩き出した。

「おい、この台どうすんだ!?」

「やるよ……」

有明屋の前に着くと無理矢理口角を上げた。そしていつもの調子で勝手口のドアを開けると「ただいま！」と無駄に明るい声を上げた。

美咲は居間で浴衣の着付けに悪戦苦闘していた。

「お兄ちゃん、遅かったね」

「まぁな。なんだよ、まだ行かなくていいのか？　花火はじまっちまうぞ」

「だって上手く着れないんだもん」うんざりしたような顔は少女のようだ。

「お前、美容師だろ？」

「うるさいなー。うちの店は着付けとかやってないの。ねぇ、ちょっと手伝って」

「貸してみな」

貴司は薄く微笑んで帯を取ると、美咲の後ろに回り浴衣の着付けを手伝ってやった。

ひまわりのような黄色いその浴衣は美咲にとてもよく似合っていた。何年か前にプレゼントしてやったものだ。でも仕事柄、花火大会に行く機会なんてほとんどなかったから箪笥《たんす》の中で長い間眠らせていた。

……ずっと着たかったんだろうな。

嬉しそうな妹の背中を見て貴司は思った。

こんな風に、好きな男と花火大会に行きたかったんだろうな……。

今日は病院のことは黙っておこう。美咲のこの笑顔を曇らせたくはない。

支度を整えると「行ってくるね」と美咲は微笑んだ。

「あんまり遅くなるなよ？」

「うん」白い頬にえくぼが浮かんだ。

店先に出て、歩いていく妹の後ろ姿を見ながら貴司は思った。

悪い病気のわけがない。そうだ、きっと大丈夫だ……。

曲がり角で美咲が振り返った。いってきますと微笑みを浮かべて手を振っている。

貴司は手を上げて妹に笑いかけた。でも、気付くと頬に一筋の涙が流れていた。

……なに泣いてるんだよ、俺は……。

美咲の姿が見えなくなると指先で涙を拭った。

それは悲しいほど温かい涙だった。

涙が零《こぼ》れないように顔を上げると、夕暮れの中にひこうき雲が伸びているのが見えた。

今にも消えてしまいそうに滲む白線は儚《はかな》くて、それが貴司の胸を更に苦しくさせた。

＊

「お待たせしました」

その言葉に振り返った瞬間、晴人は思わず息を飲んだ。

夕暮れの渋谷駅には隅田川の花火大会に向かうであろう浴衣女子たちの姿がそこかしこに見える。しかしそんな女子たちが全員もれなく石ころに思えるほど、彼女の浴衣姿は格別だった。

「可愛いです……」

思わず本音がぽろりと漏れると、美咲は「恥ずかしいからやめてよ」と俯いた。

「まぁ、社交辞令でも嬉しいけど……」

「社交辞令じゃないです！　僕にとっては一番可愛いです！」

晴人の言葉に彼女の顔が真っ赤になる。

「だから写真を！　写真を撮らせてもらうわけには――」

「それはダメ」とカメラを構える晴人をぴしゃりと制した。

「どうしていつも撮らせてくれないんですか？」

「……だって写真写り良くないし」

「そんなことありませんよ！　美咲さんすっごく可愛いですから！」

「もぉ！　恥ずかしいからそういうこと何度も何度も言わないでよ！」美咲は人の目を気にして辺りをきょろきょろ見回した。

結局写真は撮れなかったけど、それでも晴人の心は躍っていた。

正直、花火大会に行けるか不安だった。彼女の仕事は月曜日が休みで土日は特に忙しい。自分の仕事も土日に撮影が入るなんてざらだから、無理かもしれないと諦めかけていた。しかし花火大会当日は――今日だ――美容室・ペニーレインの内壁工事と重なって臨時休業になった。

まさかの逆転勝利に気を良くした晴人は、この花火大会に大きな野望を抱いていた。彼女と付き合いはじめて約二ヵ月、進展のない今の状況をなんとか打破したい。普通二十歳を過ぎた男女が二ヵ月も付き合ったら、まぁそれなりの関係になるのは当然だ。それなのに僕らは……。呼び名だってまだ『美咲さん』止まりだし——呼び捨てにしようと頑張ったことはたくさんある——手だって繋げる気配もない。もちろんキスもしていないし、それ以上だって。すべて自分が不甲斐《ふがい》ないせいだと分かっている。だからこそ今日の花火大会で二人の関係を前進させたかった。

晴人は甲子園優勝を目指してグラウンドへ駆け出す高校球児よろしく、雄々しい表情で銀座線の車内に勢いよく踏み入った。

だが、そんな野望を踏みにじるように夏の神様は障害を与える。

花火大会の会場である浅草駅に着くと、ホームは信じられないほどの人でごった返していた。電車を降りることすらままならない状況。地上に出られる気配もない。

な、なんだこれは……。晴人は青ざめた。まるで東京中の人が浅草に押し寄せてきたみたいだ。まさかみんな花火を見に来たのか!?　これじゃあ花見のときと一緒じゃないか！　どうして成長しないんだ僕は！　そうだよなぁ、毎年テレビ中継で観てたけど、人多かったもんな……。

「ごめんなさい。こんなに人がいると思ってなくて……」

「それ、お花見のときも聞いた気がするけど？」

チクリと針のような鋭い一言が返ってきて申し訳なく背中を丸めた。すると美咲が喉を鳴らして彼の脇腹を肘でつついた。

「冗談。せっかくの花火大会なんだからそんな顔しないで」

「ごめんなさい」

「はい、謝らない」

「はい」

「はい、落ち込まない」

「はい……」

人の熱気と夏の空気が相まって駅構内は独特な心地悪さに包まれていた。誰もが早く地上に出たくて苛立っていて、駅員は「押さないでください！」と必死に叫んでいる。十分以上かけてようやく地上に出ると、空はすっかり群青色《ぐんじょういろ》に変わっていた。もうすぐ花火がはじまる時間だ。

眺めの良いところを探さなきゃ。しかしはやる気持ちとは裏腹に浅草駅周辺は人で溢れ返っていた。交通規制もかかっていて駒形橋《こまがたばし》からでは向こう岸へ渡ることができない。仕方なく遠回りして吾妻橋《あづまばし》から反対側へ渡るが、隅田公園はあまりの人の多さに花火を見るスペースなどどこにもなかった。

「もうちょっと向こうに行ってみましょう！」

足早で歩き出す。人をかき分け、花火が見られそうな場所を探しながら突き進む。しかし道路には座り込んでいる人までいて風情もへったくれもない。晴人が望むような落ち着いて花火が見られる場所など今の浅草にはどこにもなかった。

ヤバい！　花火がはじまっちゃう！　急がなくては！　早く――、

「あれ？」

振り返ると美咲の姿はなかった。

しまったぁ――！　焦り過ぎてはぐれてしまったぁ――！

慌てて来た道を引き返して彼女を探す。だが同じような浴衣姿の女性はいても美咲の姿はどこにもない。

なにやってんだ僕は。せっかく花火大会に来られたのに、あんなに楽しみにしてくれていたのに、これじゃあ全部台無しだよ。

十分ほど探し回り、ようやく人ごみの中に美咲を見つけた。彼女は困り顔をして電柱に寄りかかってスマートフォンを見つめている。何度も電話をくれていたのにそれにすら気付けていなかった。

「美咲さん！」

慌てて駆け寄ると彼女は安堵したように笑った。それからちょっと怒って「どうして一人で行っちゃうの？」とフグのように膨れた。

進展しない関係に焦って、いいところを見せようと必死になって、その結果彼女を不安にさせてしまった。なにやってんだ僕は……。

「ごめんなさい」

情けなく肩を落としていると、美咲は「人が多いから仕方ないよ」と微笑みをくれた。

「でも、もうはぐれないでね？」

今度はちゃんと隣にいよう……。

「あの、美咲さん」

「ん？」

「……手、繋ぎませんか？」

左手を差し出した。

「絶対に離しませんから」

美咲は恥ずかしそうに頷くと、右手を伸ばして彼の指に触れようとする……が、その手を止めた。そして躊躇いがちに言った。

「わたし手荒れがひどいの。カサカサだし、ひび割れてるし、硬いし……きっと繋ぎ心地よくないと思うんだ。だから――」

「そんなことないですよ」首を振って微笑むと、彼女の手をそっと握った。

「この手は、あなたが毎日頑張ってる証《あかし》じゃないですか」

美咲が顔を上げる。

「だから僕は、この手が好きですよ」

彼女は嬉しそうに目を細めた。

「行きましょう」晴人はその手を優しく引いた。

そして二人は歩き出す。今度は同じペースで。


最初の花火が上がったとき、二人は家々が立ち並ぶ住宅地の真ん中を歩いていた。八階建てのマンションと赤褐色の古びたビルの間で花火が弾ける。半分しか見えない花火。

晴人は心の中でため息をついた。ちゃんとした場所で見せてあげたかったな……。

でも美咲は「やっぱり花火って綺麗だね」と興奮した様子で空を見上げている。

その横顔を見て微かに唇を緩ませた。

ひゅ――……という音とともに夜空に一筋の光が伸びると、菊や牡丹の花が色鮮やかに咲き乱れる。沸き起こる喝采。その声に後押しされるように花火は勢いを増して真夏の空を輝かせる。

「僕、花火も嫌いだったんです」空を見上げながら晴人が言った。

「桜も花火も嫌いなの？　嫌いなもの多すぎだね」美咲は呆れたように笑った。

「花火大会に来る人って別に花火が見たいわけじゃなくて、この雰囲気に酔いしれたいだけなんだって、ちょっとバカにしてたんです」

夏の熱気を切り裂いて空が白く輝く。

「こんなビルの隙間から見るくらいなら、テレビ中継で見た方がずっと綺麗なのになぁって思ってました。……でも、それは間違っていました。花火ってどこで見るかじゃなくて、誰と見るかが大事なんですね」

闇を深める閃光《せんこう》の中、晴人は美咲に微笑みかけた。

「こんなビルの隙間からでも、晴人は美咲さんと見る花火はすごく綺麗です」

花火が彼女の頬を赤く染める。晴人は美咲の手をきゅっと握った。それを合図に見つめ合う二人。派手な仕掛け花火が夜空を彩る。歓声が上がった。ゆっくりと唇を近づける。

「人が見てるよ……」

美咲が恥ずかしそうにたじろぐと、晴人はそっと囁《ささや》いた。

「大丈夫です。みんな花火を見てるから……」

そして二人は花火に隠れてキスをした。

*

八月に入ると連日の猛暑に気が滅入りそうになった。

ここ数日ほとんど風も吹かないので、重苦しい熱気が夜になっても行き場を失くしたまま部屋の中を漂っている。頼りない扇風機だけではもう真夏の夜は越せそうにない。

あの花火大会以来、二人の距離はたしかに近づいた。彼はようやく敬語をやめて『美咲』と呼ぶようになったし、ぎこちなかった接し方も随分自然になった。

呼び捨てで呼ばれるのはなんだかすごく嬉しい。どうしてだろう？　きっと彼の〝特別な人〟になった気がするからだ。このままずっと晴人君の特別な人で居続けることができたら……。ん？　それって結婚ってこと？　いやいや、気が早すぎるでしょ。だってまだ付き合って三ヵ月も経ってないんだから。

でも、いつかそんな日が来たら嬉しいな。もちろん何年も先の話だろうけど。

綾乃にもらったハンドクリームを塗りながら掌を見つめる。晴人が好きだと言ってくれた少し荒れた手。美咲はふふふと笑みを浮かべた。

私生活が満たされると仕事も波に乗る。昨日、新規のお客さんにカットを褒めてもらった。ずっと苦手で夜な夜な練習してきたショートカットだ。「彼氏も気に入ってくれると思います」と笑顔で帰っていくお客さんを見ると心が充足感で満たされる。この仕事をしてよかったなって思える瞬間だ。店長も「なかなか良かったぞ」って褒めてくれたし、仕事は至って順調だった。これが恋愛パワーの賜物だと言うのは若干気恥ずかしくもあるけれど、晴人君と付き合ってからわたしは良いことずくめだ。これからもこんな日々が続けばいいな。

まで忍び寄っていた……。

美咲は窓の向こうに輝く月を見上げて心の中でそっと願った。

しかし、その願いが天に届くことはなかった。運命は夜の闇のように静かにすぐそこまで忍び寄っていた……。

＊

「――結婚式場だけど、ウェルズ東京ホテルとかどうかな?」

綾乃の声は貴司の耳には届いていない。綾乃は怪訝《けげん》そうに首をかしげ「おーい、聞いてる?」と式場のパンフレットを貴司の顔の前で振る。

その音にハッと我に返り「ああ、聞いてるよ」と誤魔化して笑う。

「絶対聞いてなかった。早くしないと良い式場は予約で埋まっちゃうのよ? 貴司が冬までに結婚式挙げたいって言うからパンフレット集めたのに」

綾乃は不機嫌そうに大量のパンフレットを喫茶店のテーブルでトントンと揃えた。

「なぁ、綾乃」コーヒーカップに口を付ける。「結婚式のことなんだけどさ……しばらく考えるのやめにしないか?」

「どういうこと?」綾乃の表情が強張った。

病院のことを言うべきだろうか? 美咲にはまだ医者から連絡があったことは伝えて

いない。綾乃は美咲を妹のように可愛がってくれている。でも……。

「お前今仕事忙しいだろ？　俺も夏は書き入れ時だからさ。お互い忙しいときに慌てて決めるより、一段落してからゆっくり探した方がいいと思うんだ。だから——」

「嘘ついてるでしょ」

思わず視線を逸らしてしまった。

「貴司って昔から嘘つくと鼻膨らむし、目だって合わせられなくなるんだから。なに隠してるのよ？」

「なにも隠してねぇよ」

「嘘。絶対なんか隠してる」

「隠してねぇって」

「どうしてそんな見え透いた——」

「隠してねぇって言ってるだろ！」

喫茶店の客が一斉に二人に注目する。貴司はしまったと顔をしかめた。そして怯えた目をする綾乃に「悪い」と頭を下げた。

「今はまだ言えないんだ。でもいつかちゃんと話す。約束する。だから頼むよ」

綾乃は貴司の目をじっと見つめる。そこに邪《よこし》まなものがないかを確認するように。

そして「分かった」と呟いた。「でも今更結婚しないとか言わないでよ？」

「バカだな。言うわけねぇだろ?」

綾乃は彼の手を握った。「本当に? 貴司ってちょっとしたことでも思いつめるから心配。一人で抱え込んじゃダメよ？」

「分かってるよ」薄く微笑み、綾乃の手を強く握り返した。

そうだな。きっと俺の思い過ごしだ。それを確かめるためにも、病院から連絡があったことを美咲に伝えよう。

＊

週末早くの小田急線は人もまばらで、平日のラッシュ時とは打って変わって平和な空気に包まれている。美咲はシートに深く腰かけ、窓の外に目をやった。いつも電車に乗るとすぐ眠くなる。でも今日は違う。緊張で身体が強張って眠ることを拒絶していた。

「大丈夫か？」隣に座る貴司が心配そうに顔を覗き込む。

美咲は車輪の音にかき消されそうなほど小さな声で「うん……」と呟いた。

一昨日、兄に大学病院から連絡があったことを告げられた。突然の言葉にめまいを起こしそうになった。震える手で病院に電話をかけると、『先日の検査結果を受けて、もう少し詳しく調べたいことがあるんです』と神谷と名乗る先生に言われた。

「……わたし、悪い病気なんですか？」

『そう心配なさらずに。お会いしたときに詳しくお話ししますね』

柔らかい声色にほんの少しだけ安堵した。

でもそれから今日まで、心をどこかに忘れてきてしまったような気分だった。仕事にもまったく集中できない。晴人に相談しようかとも思った。でも……と、思いとどまる。ちゃんと病院で診てもらってからの方がいいよね。心配かけちゃいけないし。

新宿に着くとバスターミナルで七十四系統のバスを探し、出発間際のバスに文字通り飛び乗った。

流れていく新宿の街並みを眺めていると、やがて真っ白な壁の威圧的な建物が街路樹の向こうに姿を現す。

『間もなく慶明大学病院前、慶明大学病院前』

アナウンスが聞こえて降車ボタンを押す。バス停から見上げた病院は恐ろしく無機質で、血の通っていない巨人のようにこの目に映った。

受付で先生から指定された面会室の場所を訊ねると、親切そうな若い女性が丁寧に道順を教えてくれた。彼女の案内に従って消毒液の匂いに満ちた廊下をゆっくりと進んでいく。足は鉛のように重く、前に進むことを拒んでいる。面会室に近づくと足がすくんだ。すると貴司がそっと背中に手を添えてくれた。兄は励ますように力強く頷いた。

扉の前で立ち止まり、深呼吸をしてドアをノックすると、

「どうぞ」

電話と同じ声だ。緊張が走る。ドアを開けて中に入ると真っ白な室内に目がくらみそうになった。白衣を纏った細身の男性が椅子に座っている。向かいに座るように促されたので会釈して兄と隣り合わせで浅く腰を下ろす。

「神谷と申します」

縁なしフレームの眼鏡の奥で目が弓のように弧を描く。紳士的で聡明な顔立ちをした若い先生だ。机の上で組まれた指は細く美しく、まるでピアニストの指のようだった。

美咲は室内の雰囲気に恐怖を感じた。神谷と共に数人の医師や看護師らしき人たちの姿がある。どうしてこんなにたくさんの人がいるんだろう……。わたしはそんなに悪い病気なの？　不安が更に大きくなるのを感じずにはいられなかった。

「土曜日にすみません。来週は出張で東京にいないもので」

言葉が上手く出てこず、小さく首を横に振る。

「それに少し特殊なケースなので一日でも早い方が良いと思いまして」

特殊なケース？　美咲は手が震えないように両腕を抱えた。

神谷は慣れた手つきで机の端に設置されたパソコンを操作し、画面にカルテらしきものを表示させる。そしてこちらに向き直った。

「単刀直入に申し上げます」

胃が軋むように痛み、掌が汗でぐっしょりと濡れた。

「有明さんは、早老症に冒されている可能性があります」

「早老症……？」

聞き慣れない言葉に思わず眉をひそめた。

「遺伝子検査をしないとはっきりしたことは言えませんが、『ファストフォワード症候群』の兆候が見られます」

「ファストフォワード症候群？」

意味が分からず何度も鸚鵡返《おうむがえ》ししてしまう。

「ファストフォワード症候群は二十歳を過ぎて発症し、白髪や皺などが目立ちはじめ、皮膚の萎縮や硬化、白内障、筋肉や骨が脆《もろ》くなるといった症状が現れます」

窓から差し込む夏の日差しが影を作る。床に伸びた真っ黒な影は、まるでこちらを睨んでいるかのように見えた。その不気味さに美咲の身体は震えた。医師の言葉が上手く耳に入ってこない。

「あの、すみません」兄が口を挟んだ。「俺バカなんでもっと分かりやすく話してくれませんか？」

困惑する貴司を見て、神谷は「失礼」と眼鏡のフレームをくいっと人差し指で押し上げた。

「分かりやすく言えば、この病気は〝人より早く年を取る病〟です」

人より早く年を取る……。動揺して視点が定まらない。

「ファストフォワード症候群は、同じ早老症のウェルナー症候群やプロジェリア症候群などに比べて老化の速度が圧倒的に速いのが大きな特徴です」

「老化の速度?」

震える声で美咲が訊ねると、神谷は丁寧な口調で続けた。

「この病を発症すると常人の数十倍もの速度で年を取り、先ほど述べた症状と共に免疫力が低下し、悪性腫瘍、いわゆるガンなどを発症するリスクが高まります。そして……」

言い辛そうに口を閉ざす神谷。視線を向けられ、美咲は身構えた。そして彼はたっぷり間を取ってからこう言った。

「発症から一年経たずに、外見も老人のように変貌します」

頭をハンマーで殴られたような衝撃が走る。唇が震え目の前の視界がぐにゃりと歪む。吐き気がして倒れそうになった。

「もちろん有明さんの場合、まだ可能性があるというだけで、実際に診断が下ったわけではありません。まずはとにかく検査をして――」

「治るんですよね？」貴司の声が部屋に響いた。

神谷はなにも言おうとしない。すると「どうなんだよ！」とじれったそうに貴司が怒鳴った。その声に神谷が静かに口を開く。

「ファストフォワード症候群は世界でもほんのわずかな症例しか報告されていない珍しい病気です。日夜研究は進められていますが、原因すら解明されていない状況です。なので根本的な治療法はまだ確立していません」

信じられないくらい身体が震えた。

「なに言ってんだよ」

貴司の鋭い視線が神谷に向けられる。

「美咲がもうすぐ老人になる？　バカバカしい。こいつはなぁ、生まれてこの方、病気らしい病気なんてしたことねぇんだ。身体だって健康だし、小中高って学校も休まなかったんだよ。それなのに……」

貴司は悔しげに奥歯を噛《か》みしめた。

「病気になんてなるはずないだろ！」

「この病は遺伝疾患なので元々の体力に起因するものでは――」

「うるせぇ！　なにかの間違いだ……。そうだよ、きっとなにかの間違いだって！」

貴司はすがるように神谷の肩を揺すった。

「間違いだよな？　そうなんだろ？　あんた見たとこ俺の三つ四つ上だよな？　経験だってまだ浅いだろ？　だから間違えてるんだよ！　きっとそうに決まってる！」

自分に言い聞かすように何度も何度も頷いた。しかし希望を断つように神谷は貴司の腕を白衣から引き剝がす。

「間違いかどうかを見極めるためにも、一刻も早く検査が必要なんです」

その強い眼差しに兄は閉口した。

「お兄ちゃん……」

美咲の声に部屋にいた全員が注目する。

「わたし、検査受けるよ」

「美咲……」

美咲はなにも言わず、強張った笑顔を浮かべて頷いた。


遺伝子検査の日程を決めて病院を出ると、美咲は「仕事行くね」と貴司に告げた。今日は家に帰るべきだと兄は強く言う。しかし「お客さんの予約入ってるから。それにまだ病気って決まったわけじゃないんだよ？　平気だって」と笑ってみせる。そして美咲は足早にバス停へと向かった。

昼下がりの公園は子供の笑い声と叫ぶような蟬《せみ》の悲鳴に包まれている。

力なくベンチに座り、背を丸めている美咲。兄にはああ言ったものの、どうしても仕事に向かう気力がなくて今日は休みにさせてもらった。ポケットからスマートフォンを取り出し『ファストフォワード症候群』と調べてみる。

神谷の言う通りこの病の原因は未だに解明されていない。遺伝子が欠損することが原因とも言われているし、染色体の遺伝子異常とも言われている。治療法も確立しておらず、発症すると食い止める術《すべ》はなく、常人の数十倍のもの速度で老化が進行し筋力や免疫力が一気に低下する。それはまるで時間を早送りしているかのようで、その様子から『ファストフォワード（早送り）症候群』と呼ばれるようになったようだ。

ネットに並んだ文字を見ていると、なんだか他人事のように思える。

なんだ……。意外とショック受けてないみたい。そうだよね、まだ病気って決まったわけじゃないんだから……。

次のサイトを開いてみると、若くて美しい外国人女性の写真があった。ブロンド髪の笑顔が素敵な女性だ。そのページを下へとスクロールさせて——、

美咲の目に涙が溢れた。

そこには、その女性の半年後の姿があった。綺麗だったブロンドの髪は色が抜け落ち無様な白髪頭になり、顔には深い皺が刻まれ、目は落ちくぼみ、溌剌《はつらつ》とした笑顔は欠片すらなくなっていた。老婆のように変わり果てた姿がそこにはあった。

わたしもこんな風に……。

そう思った途端、スマートフォンを持つ手が氷のように冷たくなっていく。

――発症から一年経たずに、外見も老人のように変貌します。

呪いのような神谷の言葉に頭を抱えてうずくまった。

「嘘だ……」

溢れた涙が頰を伝い顎先から地面に落ちる。

「……そんなの嘘だよ……」

その声はやがて慟哭《どうこく》へと変わっていく。脳裏にこびりついた写真の女性の姿をかき消すように美咲は声を上げて泣いた。喉が焼けるように熱い。頰を伝う涙は痛いほど温かい。それらが残酷なまでに告げる。お前は助からない病気なんだ。そしてもうすぐ老婆になって死んでいくのだと。

助けて……。しゃくりあげながら声にならない声で叫んだ。

「お願い……助けて……」

助けて、晴人君……。お願い、今すぐ助けに来て……。

しかしその声は彼には届かない。

美咲は誰もいない公園の片隅で、たった一人でいつまでも泣き続けた。

もしプロポーズをしたら彼女はどんな顔をするだろう。

きっと「気が早いよ」って笑うかもしれない。だって、僕らは付き合ってまだ三ヵ月くらいしか経っていないんだから。でも僕はこれからも彼女と一緒にいたいと思っている。この先も、ずっと……。

＊

ある日の仕事帰り、晴人は澤井や先輩たちと夕食を兼ねて事務所近くの居酒屋に出かけた。三人が語る広告業界の実情を聞きながらビールをちびちび飲んでいると、真琴が「そういえば、朝倉君」と興味津々に顔を覗いてきた。

「例の彼女とはどうなったの？　ほら、前にお店紹介してあげたじゃない」

以前、美咲と食事をしたレストランを紹介してくれたのは真琴だった。

不意を突かれた質問に、口に運ぼうとしていた枝豆を落としてしまう。

「どうなのって言われましても……」

「上手くいった？」

晴人は「まぁ」と遠慮がちに枝豆を口に頬張る。「おかげさまで……」

するとと向かいに座っていた高梨がテーブルの下で思いっきり脛《すね》を蹴ってきた。

「痛たっ！　なにするんですかぁ！」

「うるせーよバカ野郎。なにがおかげさまですだバカ野郎。仕事もロクにできねーくせに調子のんじゃねぇぞバカ野郎」

「バカ野郎って連呼しないでくださいよ……」

「バカ野郎にバカ野郎って言ってなにが悪いんだバカ野郎が」

「はいはい、妬《や》かない妬かない」隣に座る真琴が高梨の肩に手を置く。

「誰が妬くかよ」高梨は肩を揺すってその手を振り払った。

「……あの、澤井さん？」

麦焼酎を飲みながら微笑んでいた澤井が首をかしげる。

「プロポーズって、どういうタイミングでしたんですか？」

「えぇ!?　プロポーズするの!?」と身を乗り出す真琴。

「いや、まだ決めたわけじゃないですけど……」

「やめとけやめとけ。てめぇみてーな甲斐性なしと結婚してー女なんていねーっての」

「高梨さん、そういうこと言わないの！　で、するの!?　本当にするの!?」

「しようかなって……」と照れ笑いを浮かべると、真琴は「おー！」と拍手を送った。

「だから結婚してる澤井さんにご意見頂ければと――」

「しない方がいいよ」

「はい？」

　即答だった。クイズ番組に出てくる無敵のチャンピオンくらい早い解答だ。穏やかで優しい澤井さんなら、さぞや幸せな夫婦生活を送っていると思ったんだけど……。

「結婚なんかしたら死ぬまで遊べなくなるんだよ？」澤井は朗らかに微笑んだ。

あれれ？　この人、顔は穏やかだけど内面はクズなのかな？

「それに女性は結婚したらもれなく性格が変わるからね。優しさは消えて自分の生活を守る兵器になるんだ。男は生活も時間も金もすべて握られて支配下に置かれるし、離婚なんてしようものなら財産の半分を持っていかれることになる。『婚姻届』という甘い言葉の向こうには果てしない地獄が待っているんだよ。だから——」

「も、もういいです！　もうお腹いっぱいです！」

「それに朝倉君はまだ若い。これからもっと素敵な人と出逢うかもしれないよ？」

そんなことない。心の中で呟いた。だって彼女は僕の——。

言い返したい気持ちをビールで胃の中に押し戻した。

終電間際に飲み会はお開きとなったので、酔いを醒《さ》まそうと事務所のある代々木上原から代田橋のアパートまで歩くことにした。スマートフォンを取り出してみるが美咲からの連絡はない。ここ数日、彼女からのメールは極端に少なくなった。でもそんなことを言ったら女々しいと思われそうだから黙っているけど。

どうして連絡くれないんだろう。晴人はむすっと唇を曲げた。

まさか嫌われた？　でも嫌われるようなことなにもしてないし……って、なにうじうじしてんだよ。会いたいなら電話してみればいいだろ？　そうだよ、プロポーズするんだろ!?　しっかりしろよ！　朝倉晴人！

自分を一喝して電話をかけた。コール音が何度も繰り返されると不安な気持ちが大きくなる。勢いに任せてよかったのか？　ついつい弱気になってしまう。

『もしもし』数回のコールの後、美咲がようやく電話に出た。

「あ、ごめん、寝てた？」

『ううん。どうしたの？』

彼女の声はどこか暗いように思えた。

「今度の月曜って時間ある？　最近会えてなかったし、久しぶりにどっか行かないかなって思ってさ。……どうかな？」

彼女はしばらく黙っていた。

合格発表を待つ浪人生のように良い結果が出ることを祈る。

『うん、いいよ』

やった！　安堵の笑みが漏れた。

『わたしも話したいことあるんだ』

「話したいこと？」

『会ったときに言うよ』

彼女はそれ以上なにも言わなかった。電話を切ると晴人は立ち止まる。不安が輪郭のない風のように忍び寄ってくる。話ってなんだろう……。ディスプレイを見つめながら、しばらくの間動けずにいた。


八月下旬の月曜日、二人は久しぶりに会った。「どこか行きたいところある？」と訊ねると、海が見たいと彼女は言った。「今年は一度も海に行けなかったから」と寂しげな顔をする美咲の手を引く。

「じゃあ今から行こうよ」

「いいの？」

「もちろん」

こういうとき本来なら〝海までドライブ〟というのがデートの鉄則なのかもしれない。でも晴人には免許がない。高校を卒業するときちゃんと取っておけばよかった。湘南《しょうなん》新宿ラインのボックスシートに座りながらひどく後悔した。相変わらずここぞというときに決められない自分が情けない。こんなことでちゃんとプロポーズができるのか？

そもそも指輪を買っていないのにプロポーズしていいのだろうか？

もちろん今日のために指輪を買おうと思っていた。でもジュエリーショップに行って彼女の指のサイズを知らないことに気付いた。「なんとかなりませんか!?」と店員にすがりついたが、さすがに指のサイズが分からないと……と言われてしまい、すごすごと引き下がったのだった。

やっぱりプロポーズ延期した方がいいかなぁ。自信なく向かいに座る美咲を見る。

ダメだ！　思い立ったら吉日って言うだろ!?　やっぱり今日プロポーズをしよう！

藤沢《ふじさわ》駅に着くと、浮き輪やビーチボールを手にした大学生グループが残り少ない夏を謳歌《おうか》するようにはしゃいでいた。そんな浮かれた若者たちに続いて江ノ電に乗り込む。

美咲は相変わらず下を向いていて顔を合わせてくれない。彼女の横顔を見つめるたびに不安が積もった。

電車は家々が立ち並ぶ住宅地の真ん中をのんびりと進んでいく。柳小路《やなぎこうじ》駅、鵠沼《くげぬま》駅、湘南海岸公園駅を抜けて江ノ島駅に停車すると、先ほどの若者たちが降りて行った。

腰越《こしごえ》駅を発車すると電車は曲がりくねった細い民家の間を縫っていく。しばらくすると『次は鎌倉高校前』というアナウンスが流れて急カーブを曲がった。

「海……」

美咲が薄く微笑んだ。視線の向こうに青々とした海が広がっている。太陽の光を浴びて海面がスパンコールをちりばめたようにキラキラと輝き、その光の揺らめきの上をウインドサーフィンのセイルがいくつも漂っていた。

「少し歩こうか」晴人の提案に、彼女は「うん」と頷いた。

江ノ電を降り国道を越えて海岸に出る。久しぶりに砂浜を踏みしめると懐かしい気持ちになった。彼女は眩しそうに目を細めて青に包まれた空と海を眺めている。爽《さわ》やかな風が海の向こうからやってきて美咲のデニムスカートを揺らすと、彼女は髪を耳にかけて「歩こ？」と言った。風に消えてしまいそうなほど小さな声で。

波打ち際を歩く彼女の背中に「話があるって言ってたよね？」と恐る恐る訊ねた。無言のまま波の縁を綱渡りのように慎重に歩いていく美咲。その背中はどこか悲しげだった。

「美咲？」

彼女は振り返った。

「いいや……」

「え？」

「やっぱりいいや」

「でも――」

「たいしたことじゃなかったの。仕事でね、ちょっと嫌なことがあったから相談したいなーって思っただけ」

「だったら話聞くよ。一人で悩んでちゃダメだって」

「もう大丈夫だから」

「本当に？」

「本当に」と美咲は微笑んだ。

その笑顔に安堵して、晴人は目尻を下げて笑った。

「実はちょっと不安だったんだ。もしかしたら嫌われたかもって」

「……どうしてそんなこと思ったの？」

「最近なかなか会えなかったし、それに今日の美咲ちょっと様子が変だったから」

情けない表情の晴人を見て、美咲は口の端を持ち上げて笑った。

「もー、そんなわけないでしょ!?」と手を引っ張り、晴人を海に突き出そうとする。間一髪濡れずに済んで「危なっ！」と声を上げた。

「嫌いになるわけないじゃん……」

波音に消えそうなその声に、「え？」と首をかしげる。すると美咲は「ううん、なんでもない」と丸顔を綻ばせた。

それから二人は稲村ガ崎の四阿《あずまや》で休憩することにした。美咲はさっきよりも口数が増えて、幼い頃、海で貴司に浮き輪を奪われて溺れた話をしてくれた。そんな彼女を見て晴人は安心する。よかった、いつもの美咲だ……。

「晴人君、お腹減らない？」

　時計の針は二時を指している。

「そういえば朝からなんも食べてなかったや」

　プロポーズのことを考えて食欲なんて全然なかった。

　二人は海沿いにあるテキサス料理店に入った。晴人はそこでハンバーガーを、美咲はジャンバラヤを頼んだ。

「どうしてお腹って減るんだろうね」

　食事を待っている間、海の向こうに浮かぶ入道雲を見ながら美咲がぽつりと呟いた。

「なにそれ？」

「人ってどんな状況でもお腹が減るんだなぁーって思ってさ」

「どんな状況でも？」

「うん……」美咲は少し口ごもった。「怒られたときでも失敗したときでも、なんだかんだでお腹って減るでしょ？」

「たしかにそうかも。僕も昨日先輩に怒られたけど、その後弁当しっかり食べて『ミスった分際で呑気《のんき》に飯食ってんじゃねぇ』って怒鳴られたよ」

「お互い仕事で怒られてばっかりだね」美咲はくつくつと笑った。

ハンバーガーはいつも食べ慣れているファストフード店のものとは比較にならないほど美味しかった。彼女は「一口ちょうだい」とハンバーガーを齧った。そして「美味しいね」と、口の周りについたソースを拭いながら目を細めて笑った。

食後にアイスコーヒーを飲んで店を出ると、太陽はさっきより傾いて見えた。

「お腹いっぱい」と満足げな美咲に、「これからどうする?」と訊ねる。

「由比ガ浜まで行こうよ」彼女は海の向こうを指さした。

そして二人は他愛《たわい》ない会話をしながら海沿いの国道をのんびりと歩いた。疲れたら近くの喫茶店でひと休みして、冷たいレモンスカッシュで暑さを払う。それから再び江ノ電に乗って移動した。

由比ガ浜に着いたのは夕方だった。人の姿がまばらな砂浜には夏の終わりを予感させる寂しげな雰囲気が漂っている。二人は打ちあげられていた流木に腰を下ろして、白波の向こうでサーフィンに興じる人々の姿をしばらく眺めた。

そっと肩を寄せると美咲が眼差しをこちらに向ける。その瞳は潤んでいるように見えた。夕日が彼女の瞳の中で輝いている。唇を近づけると美咲は静かに目を閉じる。何度かキスを交わし彼女を強く抱きしめた。美咲の髪はほんの少しだけ海の匂いがした。

「今日は積極的なんだ」腕の中で美咲は笑った。

「からかわないでよ」

「ごめんごめん」

風が止んで辺りは静けさに包まれた。波の音だけが二人の耳に木霊する。

「ねぇ美咲……」

「なぁに？」

「僕と結婚してくれませんか？」

「え……？」

「もちろんすぐにってわけじゃないんだ。僕はまだアシスタントだし、美咲も自分のお店を持ちたいって夢があるから。でも僕は、これからも美咲と生きていきたい」

晴人は笑顔で美咲を見つめた。

「君とずっと一緒にいたいんだ」

髪の毛が彼女の表情を隠す。しばらくすると美咲は口を押さえて笑い出した。

「真剣にプロポーズしてるんだから笑わないでよ」と苦笑いを浮かべると、美咲は「ごめん」と震えた声で謝った。「だって急に変なこと言うんだもん」

よほど面白かったのか、彼女は目に浮かんだ涙を指先で拭った。

「わたしたち付き合ってまだ三ヵ月だよ？　気が早いって」

美咲は立ち上がりオレンジ色の海を眺める。

「それに、これからもっと可愛い子と出逢うかもしれないよ？　わたしより綺麗で素敵な子なんて山ほどいるんだから。焦らない方がいいって」

晴人は彼女の隣に並んだ。

「そうかもしれないね……」

君より素敵な人は山ほどいるかもしれない。綺麗な人や可愛い人も、きっとたくさんいると思う。でも……、

「それでも僕は美咲がいいんだ」

美咲の目が夕日のように真っ赤に染まっていく。

「付き合って三ヵ月しか経ってなくても、君より素敵な人がどれだけいても、美咲は僕の——」晴人は満面の笑みを浮かべた。「最後の恋人だって勝手にそう思ってるから」

美咲の表情がほんの少しだけ曇る。それから彼女は潤んだ瞳で「ありがと……」と小さく笑った。

「ちょっとクサすぎたかな」と恥ずかしそうに後ろ髪を撫でる。

「クサすぎ。びっくりしちゃったよ」

美咲は口元を両手で押さえて笑うと、もう一度海の向こうに視線を向けた。彼女の背中を見つめる。どんな答えが返ってくるか不安と緊張が胸を締め付けた。

夜の帳《とばり》が下りはじめる中、美咲は呟いた。

「しばらく考えさせて……」

その顔に、もう笑顔はなかった。

＊

彼がプロポーズをしてくれたとき「うん」って言いたかった。

すごくすごく嬉しかった。わたしも晴人君と一緒にいたい。この先もずっと。

あの日、本当のことを話そうと思った。病気のことを正直に全部。でも晴人君の顔を見たら言えなくなってしまった。彼の笑顔が消えてしまう気がしたから。もし病気だったら、老婆になるって知られたら、嫌われると思ったから。

失望されたくない。醜いって思われたくない。老婆になっていく姿は、絶対、絶対に見られたくない。晴人君にだけは……。


暑さも和らいだ気持ちの良い午後、美咲は検査結果を聞きに神谷の元を訪ねた。貴司は一緒に行くと言ったが、一人で行きたいと意志を押し通した。最悪の結果だったら、兄はきっと取り乱してしまう。終わったらすぐ連絡することを約束に貴司は渋々了解してくれた。

診察室に入ると先日同様、神谷と共に数人の医師や看護師、カウンセラーが同席していた。神谷は今日も穏やかだった。その声色に微かな期待が胸に宿る。しかし、

「検査の結果、残念ながら有明さんはファストフォワード症候群でした」

老化という時計の針がカチリと動き出すのを心の奥で感じた。

診断の根拠や今後予想される病気の進行について詳しく説明されたが、その声は美咲の耳には届かない。まるで深い海底にいるように目の前は真っ暗で、なにも聞こえなかった。隣にいたカウンセラーの女性が優しく語りかけてきた。きっと励ましてくれているのだろう。しかし美咲の心にはまったく響かない。

「先生、わたし――」

美咲は腿《もも》の上に置いた手をきゅっと結んだ。

「あとどれくらい今の姿でいられますか？」

神谷は返答に困っている。

「個人差があるので予測は難しいです。でも平均的なことを申し上げれば――」

そして深呼吸をして告げた。

「恐らく冬にはもう……」

冬……。衝撃が胸を貫いた。あと数ヵ月で老婆になってしまう。冬にはもう今の自分

ではいられない。この姿でいられる時間はほんのわずかしかないんだ。

「どうしても老化は止められないんですか？　なにか方法があるんじゃないんですか？　手術は？　骨髄移植とかそういうので治ることは――」

「残念です」と神谷は言葉を遮った。

「じゃあ……」美咲の声はぶるぶると震えている。「わたしはこのまま、おばあちゃんになるしかないってことですか？」

神谷はなにも言ってくれない。

「そうやって……死んでいくんですか？」

「難しい疾患ですが、先ほどもお伝えした通り、進行には個人差があります。有明さんの場合、早期発見できたこともあり、比較的良い経過をたどることも十分考えられます。私たち医師も全力で支えます。だから一緒に頑張っていきましょう」

神谷の笑顔は優しくて、それが美咲の心をもっと苦しくさせた。

病院を出て貴司に電話をかけた。ファストフォワード症候群と診断されたことを伝えると、兄はしばらく絶句していた。

「先生がね、これから身体が弱っていくから仕事は続けない方がいいって」

『そうか』

「残念だな……」

病院玄関の柱にもたれかかった。

「店長にせっかくショートカット褒められたのに……」

やっとスタイリストになれたのに。まだまだ下手だけど、ちょっとずつ上手になってきたのに。店長やお客さんにやっと褒めてもらえたのに……。

自分のお店を持つって夢がまさかこんな風に終わっちゃうなんて――、

「お兄ちゃん」

美咲の目から涙が溢れた。

「……悔しい……」

『……美咲』

「悔しいよぉ……」

もっとたくさんの人を綺麗にしてあげたかった。喜ばせてあげたかった。あの日、小学生のわたしに魔法をかけてくれた美容師さんみたいに、誰かのことを幸せにしてあげたかった。でも老婆になっていくわたしにもうそれはできない。誰かを綺麗にするどころか、自分自身が醜くなってしまうんだから……。

新宿駅から京王線に乗った。代田橋駅で電車を降りて甲州街道を歩き、大きな交差点で信号を渡る。しばらく住宅地を進んで行くと小さな公園が見えた。その向かいに晴人のアパートがある。ここに来るのは初めてだ。前に近くまで来たことがあって、そのとき住所を教えてもらった。

部屋のチャイムを鳴らしたが反応はなかった。まだ仕事中なのだろう。しばらく彼の帰りを待つことにした。

飲み物を買おうと近くの商店に入るとビールが目に留まる。お酒は飲んではいけないと神谷に言われていたがどうしても飲みたくなってしまった。美咲はビールを一本買うと、アパートの階段に腰を下ろしてそれを飲んだ。

口の中にホップの苦みが広がって、ふぅと息をつく。きっとお酒を飲むのもこれが最後だろう。別にお酒が大好きってわけじゃないけどそう思うとなんだか悲しい。

やがて辺りの景色は夕日に映え、空も雲も道路の向かいにある公園の桜の木もすべてが燃えるような赤に染められた。蟬の声が頼りなく耳に響く。美咲は空っぽになったビールの缶を階段の脇にコトンと置いた。

「――美咲?」

晴人の声だ。笑顔を作って顔を上げる。

「どうしたの?」彼は少し困惑しているみたいだった。

「急に来てごめんね」

「電話してくれればよかったのに。なにかあった？」

「なんにもないよ？　なんとなく来たら驚くかなぁーって」

「そりゃ驚くよ。えっと、部屋寄ってくよね？」

「追い返すつもり？」

「いや、そうじゃなくてさ！　ちょっとだけ部屋片付けていい？」

十分ほど待って彼は中に通してくれた。テレビと本棚と二人掛けソファが置かれたすっきりとした部屋で、急いで片付けたにしてはかなり整理整頓されていた。

棚の上にカメラを見つける。手に取ってみるとずっしりと重い。

「それ、上京するときに父さんがくれたんだ」麦茶を手に晴人が戻ってきた。

このカメラにはわたしが知らない頃の晴人君の思い出が込められている。わたしは彼のことをほとんどなにも知らないんだ。二十四年生きてきた彼のたった数ヵ月しか。そしてこれからの彼のことも……。

「わたしも写真、撮ってみたいな」

アパートの向かいの公園に出かけると、晴人がカメラの設定をして渡してくれた。

「このままシャッターを押せばいいの？」

「このレバーを引いてフィルムを巻き上げるんだ」

そう言ってシャッターボタンのところにある巻き上げレバーを引いてくれる。

「これで撮れるよ」

ファインダーを覗いて慣れない手つきでピントを合わせてみる。そこから見える景色は、なんだかいつもより優しく見えた。

公園の隅のすべり台にレンズを向けてゆっくりとシャッターを押す。カシャ……という小気味良い音が響くと、見ていた風景が切り取られたみたいだった。

「今ので撮れたの？」

晴人は笑って頷いた。

「たくさん撮っていい？」

「いいよ」

「やった」

おもちゃを与えられた子供みたいに夢中になってシャッターを押した。砂場、ブランコ、ベンチの脇に咲く小さな花、いくつもの風景を次々と写真に収めていった。

フィルムカウンターを見ると、残り一枚になっていた。

「あと一枚か……」

「じゃあ一緒に撮ろうよ。僕ら今まで一枚も写真撮ったことなかったでしょ？」

晴人の言葉に表情が曇った。皺が目立ったらどうしよう……。そう考えると怖くなる。

だから彼にレンズを向けて最後の一枚を撮ってしまった。

「撮っちゃった」といたずらに笑って誤魔化すと、晴人は「一枚くらい撮らせてくれてもいいのに」と唇を突き出してふて腐れた。

「ごめん。わたし写真写り悪いから」

「そんなことないと思うけどな。美咲は自分が思うよりずっと可愛いんだから」

その言葉に胸が詰まって言葉が出なくなってしまう。

撮り終えたカメラを晴人に渡す。そして、

「ねぇ晴人君。この間のプロポーズのことなんだけど――」

ちゃんと返事をしよう。受けることはできないって、そう言わなきゃ。でも言おうとすればするほど心はそれを拒みたがる。「わたしも同じ気持ちです」って伝えたくなる。

「いいんだ」晴人が静かに首を振った。

「え?」

「あのあと考えたんだ。ちょっと気が早すぎたなぁって。きっと半人前の今の僕じゃ、美咲のことまだちゃんと幸せにできないだろうし。美咲がうんって言えない気持ち、よく分かるよ」

違う。そうじゃない……。わたしだって晴人君と一緒にいたい。ずっとずっと一緒にいたいよ。でも――、晴人は手の中のカメラを見つめて満面の笑みを浮かべた。

「僕、カメラ頑張るよ。今よりもっともっと頑張るから。それでいつか美咲に、うんって言ってもらえるような男になるよ。だからもうちょっとだけ時間くれないかな」

彼の笑顔を見ると目頭がじんと熱くなる。そして罪悪感が胸を覆う。

晴人君は悪くない。悪いのはわたしだ。全部わたしのせいなのに……。

「戻ろっか」と歩いていく彼の背中にかけられる言葉はなにもなかった。

時計の針が十一時を指す頃、「時間大丈夫？」と晴人が声をかけてきた。

美咲はソファで膝を抱えながらカーペンターズの『イエスタデイ・ワンス・モア』を聴くともなく聴いている。時間が経つのってどうしてこんなに早いんだろう……。ステレオから流れる甘く切ない歌声に柔らかい痛みを感じた。

「……今日泊まってもいい？」

「え？　お兄さん心配するんじゃ」

「大丈夫」

「でも――」

それ以上なにも言わせないように唇を塞いだ。そして彼の指の隙間にするりと指を絡め、甘えるようにその手を握った。掌を通じて彼のぬくもりが伝わってくる。ずっと触れていたいと思わせるぬくもりが。

晴人がなにかを言おうとした。しかし美咲の潤んだ瞳を見てその言葉は行き場をなくしたようだった。美咲は目を閉じて彼の胸に顔を埋めた。

わたしは今、世界中の誰よりも晴人君の近くにいる。でもこの距離はこれからどんどんと離れていく。二度と触れることができないほど遠くへ離れていくんだ。だから今だけは一緒にいたい。晴人君と一緒に……。

その夜二人は結ばれた。肌と肌がふれあい、ぬくもりが伝わってくる。彼の形を感じる。幸せだった。忘れたくない瞬間だった。美咲はカメラのシャッターを押すように、このひと時を記憶の中に焼き付けた。


カーテンの隙間から新鮮な朝日が差し込むと、美咲はゆっくり目を覚ました。晴人の匂いを感じて彼が隣で眠っていたことを思い出す。寝返りを打って晴人の寝顔を見つめる。子供のように寝息を立てている。どんな夢を見ているんだろう。指先で頰を撫でながら小さく笑った。幸福が溶けて甘い痛みが胸に広がる。

ねぇ晴人君、もしできるなら——。

美咲の目から涙が零れた。

時々でいいの。時々でいいから、わたしのこと思い出して……。

いつか晴人君が誰かと結婚して年を取って幸せに暮らす中で、ほんの一瞬でいいの、あんな子もいたなぁって思い出してほしい。

勝手なわがままだって分かってる。

分かってるけど……でも、お願い。

わたしのこと、忘れないで……。

美咲は愛おしくて晴人の頬にくちづけをした。涙が彼の頬に流れ落ちる。

急にいなくなったりしたら、きっときみは怒るよね。ひどい女だって思うよね。でも、それでいいの。これから変わっていく姿をきみにだけは見られたくないから。

晴人君には今のわたしを覚えていてほしい。

きみと同い年だったわたしのことを、覚えていてほしいの。

ごめんね、晴人君。

美咲は涙を零しながら微笑んだ。

「一緒に年を取っていければよかったね……」

そんな当たり前のことすらできなくて、ごめんね……。

気付かれないように部屋を出た。

階段を下りて朝日のあたる道をゆっくりと歩いていく。

ふと足を止めアパートを見上げる。そして小さく囁いた。

「……さよなら、晴人君」

美咲は歩き出す。もう振り返ることもなく。

冷気を孕《はら》んだ秋の風がすぐ傍を通り過ぎていく。

その冷たい風がひとつの季節の終わりを告げる。

もうすぐ夏が終わろうとしていた。

第三章　秋

美咲と連絡が途絶えて一週間が経った。

電話をしてもメールをしても返事がない。近頃メールや電話のやり取りは少なかったけど、これほどまで連絡が取れなくなったことはなかった。

着信履歴から美咲の番号を引っ張り出して何十回目かの電話をかける。無機質なコール音が五回、十回と積み重なっていくたび不安な気持ちがむくむくと大きくなる。

どうして出ないんだ……。ため息を漏らして電話を切る。メールを送ることにした。

【連絡が取れなくて心配しています。なんでもいいから、一言でもいいから返信をください。待っています】

我ながら女々しい文章だと思う。でも躊躇ってもいられない。返事がくることを祈って送信ボタンを押した。

スマートフォンをテーブルに置いて窓を開ける。ひんやりとした秋の夜風が迷い込んできて思わずぶるっと身震いした。窓辺に立って見上げた空には白く輝く美しい月。しかし今の晴人の目にはとても悲しげに映った。窓を閉じてテーブルの上のスマートフォンに視線を戻す。知らん顔で眠っている電話が歯痒かった。

数日が経っても美咲からの連絡はなかった。なにかあったに違いない。居ても立ってもいられなくなり家を訪ねてみることにした。

昼下がりの梅ヶ丘は大学生やベビーカーを押す母親の姿があり、長閑《のどか》で平和な空気に包まれている。

開店前の有明屋にやって来てガラス戸から店内を覗くが人の気配はない。店の脇を抜けて奥の階段を上がり、勝手口のインターホンを押す。しかしドアは沈黙を続ける。留守なのか？　でも今日は月曜日。美咲の仕事は休みのはずだ。

「……はい」

貴司の声だ。晴人は飛び跳ねるようにドアに駆け寄った。

「朝倉です！　美咲さんいらっしゃいますか！」

長い沈黙がじれったくて思わずドアを叩いた。

「お兄さん!?　開けてください！」

貴司が顔を覗かせる。その目には明らかな敵意が込められていた。

「美咲なら仕事だ」

「でも今日は月曜日ですよね!?　休みのはずじゃ――」

「仕事だって言ったら仕事だ」と乱暴にドアを閉めようとする……が、晴人は咄嗟にドアを押さえた。

「待ってください！　もう一週間以上連絡が取れてないんです！　美咲さんなにかあったんですか!?」

貴司は面倒くさそうに髪をごしごし掻き毟ると、視線も合わさず「美咲はお前に会いたくないんだよ」と吐き捨てた。

「どういうことですか？」

「そういうことだよ。もう二度と来るな」

音を立ててドアは閉ざされた。

自転車を押しながら貴司の言葉を反芻《はんすう》する。しかし考えれば考えるほど理由が分からず困惑してしまう。どうして美咲はそんなことを言うんだ。なにか気に障るようなことをしただろうか？　会いたくないだなんてそんな素振り一度も見せなかったのに。

いや――晴人は立ち止まる。海に出かけたとき彼女の様子はどこかおかしかった。仕事で嫌なことがあったと言っていたけど、もしかしたら僕との別れを……。

頭を振ってその考えを追い払う。そんなことあるはずない。

とにかく美咲に会って話を聞きたかった。

「……辞めた？」

あくる日訪ねた美容室・ペニーレイン。晴人は店長の言葉に思わず絶句した。

「いつですか？」

「九月の頭だよ。知り合いのサロンで働くことにしたんだってさ」

店長は口を曲げて不愉快そうに言った。

「そのサロンってどこにあるんですか!?」

「知らないよ。一方的に電話で辞めるって言われたんだから」

「一方的に？」

「彼氏の君に文句を言うのは筋違いだけど、こっちも迷惑してるんだよ。突然辞めるなんて社会人として非常識すぎるでしょ？　逃げるように電話切ったりしてホントあり得ないよ。うちが人手不足だって知ってるはずなのに」

この世界から美咲が消えてしまったような気分だ。目の前で起こっていることが夢の中の出来事にすら思えた。

信じられない気持ちを引きずりながら家に帰り、ベッドに倒れ込んで天井を見上げた。やり場のない気持ちがため息に変わる。

美咲が美容室を辞めた。あんなに仕事を頑張っていたのに。お店にだって愛着があるって言っていたのに。店長が嘘を言っているとは思えない。でも美咲がそんな風に仕事を辞めたりするはずがない。きっとなにか理由があるはずだ。でもなにが？

いくら考えても見当が付かず枕に顔を埋めた。

美咲、今どこでなにをしているんだ……。

辺りが夜の帳に包まれる頃、スマートフォンが音を立てた。うたた寝していた晴人はディスプレイを見てハッと起き上がる。

「もしもし、美咲!?」

電話の向こうに美咲の気配を感じる。しかし彼女は黙っている。もう一度名前を呼ぶと、『うん……』と聞こえた。久しぶりに聞けた声にほんの少しだけ心が軽くなった。

「どうして連絡くれなかったの？　心配してたんだよ？」

『ごめん』

「昨日、美咲の家に行ったんだ」

『お兄ちゃんから聞いた』

その声には以前のような溌剌さはなかった。なにかを思いつめたようなか細い声。聞いていると息が詰まりそうだ。晴人はスマートフォンをぎゅっと握りしめる。

「僕に会いたくないって本当なの？」

答えを待つ間、自分の鼓動が聞こえそうな気がした。

『……好きな人がいるの』

「え？」

『一年前まで付き合ってた人でね、専門学校時代の先輩なの。就職してお互い忙しくなって別れちゃったけど、でもずっとその人のことが好きだったんだ』

意味が分からず混乱した。

『それでこの間、久しぶりに連絡もらって。先輩、自分のお店オープンして一緒に働きたいって言ってくれたの。……わたしと、やり直したいって……』

「なんだよそれ……」

『だから今その人と一緒にいるの』

「嘘だろ？」

『嘘じゃないよ』

「急にそんなこと言われたって信じられないって！」

『――もしもし』

電話の向こうで男の声がした。

『彼女とお付き合いしている神谷と言います』

付き合ってる？　困惑と苛立ちが滝のように頭上から降り注ぐ。

『こんなことになってすみません』

「こんなこと？」

『彼女を奪うようなことになって』

男の落ち着いた声が神経を逆撫でする。

『でも分かってください。彼女は僕といることを望んでいるんです』

スマートフォンを持つ手が怒りで震えた。

『ごめんね、晴人君』美咲が再び電話に出た。

「会って話そう」

『もう晴人君に会うことはできないよ』

「どうして？」

美咲は黙った。

『……彼が嫌がるから』

「そんな自分勝手な話あるかよ！」

『わたし、彼にだけ誠実であれば他の男の人に不誠実と思われても構わないから。だからもう二度と晴人君には会わない。連絡もしてこないで』

「なんだよそれ……。好きだった男とやり直すからもう連絡するなって――」

堪えきれず奥歯を嚙んだ。そして呪詛《じゅそ》のように言葉を吐いた。

「最低だな……」

電話の向こうで美咲はどんな顔をしているんだろう。憐れな僕を隣にいる男とあざ笑っているのだろうか？　そう思うとやりきれない。

『どう思ってくれても構わないよ』

美咲の声は震えていた。僕の言葉に怒りを覚えたのかもしれない。でも彼女が腹を立てるなんてそんなの筋違いだ。

『ねぇ晴人君。わたしのこと、もう忘れて……』

二人で過ごした時間をすべてなかったことにしてほしいと言われているようで、耐えがたいほどの苦しみが背中に重くのしかかった。

彼女の電話が切れた後には、虚しさと現実を受け入れられない憐れな気持ちだけが残った。窓の外に目をやると月はさっきよりも傾いている。まるで行き場を失くした魂のように夜空の真ん中でぼんやりと輝いていた。


「バカ野郎！」

撮影現場に高梨の罵声が響き渡ると晴人は我に返った。カメラのバッテリーを事務所に忘れてきてしまったのだ。

カッとなった高梨が晴人の胸ぐらを摑む。

「ここんとこミスばっかじゃねぇか！　仕事ナメてんのか!?」

突き飛ばされて尻餅をつくと「すぐ取ってきます！」とスタジオを飛び出した。

自転車のペダルを強く踏みながら不甲斐ない自分にため息を漏らす。ここ数日まるで仕事に集中できていない。失恋を仕事に持ち込むなんてあってはならないことだけど、美咲との突然の別れに自分自身どうしていいか分からずにいた。

彼女は今、別の男と一緒にいる。僕に向けていた笑顔をそいつに向けているんだ。そう思うと悔しさとやるせなさで無数のガラスが心に突き刺さるような痛みを感じる。

晴人は怒りに任せてギアを重く——クラクションの音が響いた。視界の右側から車が飛び出してくる。ブレーキを握る。ダメだ、間に合わない。思わず目を瞑った。

間一髪、車は目の前で停車した。運転席の男が「信号見ろ！」と怒鳴る。赤信号だったのか。頭を下げて歩道に戻ると情けなくてため息が漏れた。

なにやってんだ僕は……。

事務所に戻ってバッテリーをピックアップしてスタジオに戻ると、撮影は一時間遅れで開始された。かなり時間を無駄にしてしまったが、でもなんとかこの日中に撮影を終えることができた。

「すみませんでした！」

撮影が終わり、澤井に真っ先に頭を下げた。

「ここのところミスが多すぎるね」

「すみません！　明日からは――」

「辞めてもいいんだよ」

「え？」

「なにがあったか知らないけど、やる気のない人を置いておくほどうちに余裕はないからね。君じゃなくてもアシスタント希望はたくさんいるんだ」

「待ってください！　明日から、いや今から気持ちを入れ替えます！　だからクビだけは勘弁してください！　お願いします！」

澤井はふぅっとため息をついて鋭い視線を晴人に向ける。

「次はないよ？」

初めて見る澤井の表情にごくりと息を飲んだ。


撤収《てっしゅう》作業が終わり事務所に機材を持って帰る。カメラの手入れをしながら今日の失敗を反省していると、「朝倉君」と背中に声がかかった。目を向けると、帰ったはずの真琴がドアの前に立っていた。

「真琴さん、どうしたんですか？」

「ちょっと忘れもの」

彼女はそう言って自分のデスクから書類を引っ張り出す。晴人は申し訳なさそうに組んだ指に力を込めて俯いている。すると真琴が「なにその顔」と吹き出した。

「今日は本当にすみませんでした」

深々と頭を下げると書類で頭を叩かれた。

「これから時間ある？　軽くどう？」真琴はグラスを傾ける仕草をした。

「え、でももう十一時ですよ？」

「そうだね。誰かさんのせいで終わるの遅くなっちゃったもんねー」

いたずらな表情の真琴に「すみません」と謝ると、彼女は「うそうそ」と笑った。

「朝倉君の家って代田橋だったよね？　うち永福町だから、その中間くらいでどう？」

それから二人は明大前駅近くの居酒屋に入った。

平日の十一時過ぎということもあって二階席は貸し切り状態だ。二人は駅のホームが見える窓側の席に腰を下ろした。キンキンに冷えたビールが運ばれてくると、真琴は「お疲れー」と乾杯して一口でほとんど飲み切ってしまった。

「あー美味い！」無邪気な笑顔で喉を鳴らす真琴。「最近さぁ、仕事帰りにいつもビール飲んじゃうんだよねー。このままだとお腹出ちゃうよね、きっと」

「どうでしょうね……」

「暗っ！　どうしたの？　最近やたら暗いけど」

なにも答えられない晴人の心情を察するように、彼女はやれやれとジョッキを空けた。

「ま、こういうときってだいたい失恋だろうけどさ。ビールおかわりくださーい」

失恋か……。人に言われると余計に実感してしまう。僕は失恋したんだな。

「例のプロポーズの子？」

「ええ、まぁ」

「なんで別れちゃったのさ」

晴人は苦笑いを浮かべた。「相手に前から好きな人がいたみたいで」

「うわっ！　それダサくない!?」真琴はおしぼりで口を押さえて爆笑した。

「ちょっとぉ！　笑わないでくださいよ！」

「だって澤井さんにプロポーズのアドバイス求めてたのに、その矢先に別の男に奪《と》られるなんていくらなんでもダサすぎでしょ！」

「傷口に塩塗らないでください……」そう言ってビールをぐいっと飲むと「でも、たしかにダサいですね」と苦笑いを浮かべた。

ヤバい、ちょっと泣きそうだ。こんなところで泣いたらみっともないぞ。我慢だ我慢。我慢するんだ朝倉晴人。

でも堪えようとしてもネガティブな感情は波のように押し寄せてくる。

美咲は今もあの男と一緒にいるのかな。僕のことなんてこれっぽっちも考えないで、そいつとキスしたり、抱き合ったりしてるんだろうな……。あ――――もう！　くそぉ！

「ビールおかわり！」

ヤケになって酒をあおった。届いたビールを一気に飲み干すと慣れない日本酒にも手を出して、更にウィスキーソーダを立て続けに三杯胃の中に流し込んだ。おかげで随分できあがってしまい、酔った勢いでため込んでいた膿《うみ》を吐き出しはじめた。

「あー情けない！　ホント情けないですよ僕は！　元カレに彼女奪われて失恋引きずって仕事ミスって澤井さんに迷惑かけて……もうホント最低です！　反省の意味を込めて全身にお経のタトゥーを彫りたい気分ですよ！」

「やめときな？　耳なし芳一と思われるよ？」

はぁ、とため息を漏らしてテーブルに突っ伏すと「ずっと不思議なんですよね」と情けない声を漏らした。「澤井さんはどうして僕のことを雇ってくれたんだろうって。こんな仕事もできないクズみたいな僕のことを」

「それは知らないけど、仕事のミスは仕事で取り返すしかないと思うよ」

「でもなぁ……」

「でもじゃないの。クズ君、顔上げなさい」

晴人は弱々しく返事をして身体を起こした。

「失恋引きずる気持ち分かるよ。わたしもそういう経験あるし。でも相手に好きな人ができちゃうなんてよくある話じゃん」

「よくある話……」

「人って恋愛で満たされても、食べ盛りの子供みたいにもっともっと欲しくなっちゃう生き物でしょ？　元カレから連絡来たとき、彼女ちょうど人恋しかったのかもよ？　恋愛なんてほとんどタイミングだから」

「彼女はそんな人じゃありませんよ……」

　ふて腐れる顔を見て、真琴は「可愛い」と笑った。彼女は頬杖をつきながら三日月のように目を細めてじっとこちらを見ている。

「朝倉君って意外と純情なんだね。別れた人が初めての彼女だったの？」

「いえ、付き合ったことは前にもあります。でも……」

「でも？」

「僕、今まであんまり本気で女の子を好きになったことがなかったんです。高校のとき彼女はいたけど、でもそれほど好きじゃなかったっていうか、告白されて、まぁいいかくらいの気持ちで付き合っちゃって。そんなんだからその子に気持ち見透かされて結局フラれて。でも別れたとき、そんなに落ち込まなかったんです。まぁこんなもんかってどっか冷めてて。だからあんな風にちゃんと恋をしたの、美咲が初めてだったんです」

　ウィスキーのロックをぐいっと飲み干すと胃の底が燃えるように熱くなった。

「二十四にもなって情けない話ですけど、好きな人をデートに誘うのがこんなに緊張するなんて知りませんでした。断られたらどうしよう、彼氏がいたらどうしようって、そんなことばかり考えて弱気になって。誰かを好きになるのがこんなに怖いなんて今まで知りませんでした」

美咲はそんな勇気のない僕を、嘘つきで情けない僕を、許して好きになろうとしてくれた。僕のことを少しずつ好きになってくれているような気がしていた。でもそれは思い上がりだったのかもしれない。彼女は前の恋愛を忘れるために僕と付き合っていただけなのかも……。

「もう忘れた方がいいよ」真琴が梅酒の入ったグラスを傾ける。

「男は恋愛に理想を抱くけど女はもっと冷静だから。次の恋をしたらもう前の彼のことなんて思い出さないよ。美咲ちゃんだっけ？　彼女もきっとそうだと思うな。だから朝倉君も早く忘れた方がいいって」

ため息がテーブルの上の紙ナプキンをふわっと浮かせた。

「忘れられるかなぁ……」

窓の外で駅の灯りが消える。終電が去るとホームは眠りにつく。今日という日がまた終わってしまった。こうやって一日一日が流れていって、やがて美咲と過ごした時間よりも長い年月が雪のように積もっていけば、いつか彼女を忘れられるのだろうか？

「朝倉君」

顔を上げると真琴はいつになく真剣な表情を浮かべていた。

「忘れさせてあげようか？」

「え？」

ガタン――グラスが倒れる音がした。

真琴はテーブルに身を乗り出して晴人の腕を引き寄せると唇を重ねた。生温かくて柔らかに湿った感触が伝わってくる。

突然のことでなにが起こったのか分からなかった。

それでも、彼女の唇はとても甘い味がした。

＊

九月も中旬を過ぎると夏の暑さは和らぎはじめて涼しい夜が続いた。

晴人と最後に会ってからもうすぐ一ヵ月。あの頃よりも目尻の皺やほうれい線が深くなった。肌のハリに衰えが見えはじめ、新しく生える髪は白髪の方が断然多い。老化は静かに、そして確実に美咲の身体を蝕《むしば》んでいく。それでもまだそこまで老いは感じない。

朝起きると鏡で自分の顔を確認する。昨日寝る前よりも皺は増えていないだろうか？白髪は増えていないだろうか？　恐る恐る鏡を覗き込んで、まだそこに若い自分がいると心から安堵する。よかった、わたしは今日もまだ昨日と同じわたしだ……。そして鏡の中の自分に「大丈夫」と語りかける。それが美咲の日常だった。

病院を訪れて様々な検査を行うのも日常になりつつあった。この日は筋肉量と骨密度の測定を行った。ファストフォワード症候群を発症すると老化と共に筋力が衰え、骨もスカスカになってしまう。そして歩行困難などの障害が現れ、やがて動けなくなる。

病院の待合室で名前を呼ばれるまでのこの時間は苦痛だ。もしも「老化が進行しています」と言われたら……。そんな恐怖が胸の中をネズミのように駆け回る。

横目で隣の席を見ると、背中を丸めた老婆が石のようにじっと順番を待っている。わたしもいつかこんな姿になるのだろうか？　そう思うと心が壊れそうで目を瞑って別のことを考えて意識を分散させた。

診察室に入ると神谷がいつものように静かに微笑んで出迎えてくれる。そして「筋肉量も骨密度もそこまで落ちてはいませんよ」と安心する一言をくれた。

よかった……。思わず全身の力が抜ける。

「でももし今後、体調に変化があったり高熱が出るようなことがあれば、我慢せずに言ってくださいね」

「あの、先生……」

「なんですか？」

「この間はありがとうございました」

神谷はそれが晴人のことだとすぐ分かったようで、ううんと首を横に振った。

「身近な人に頼んだら彼にバレちゃいそうで。だから頼めるの先生しかいなくて」

苦笑いを浮かべる美咲に、神谷は「お役に立てたならなによりです」と微笑む。しかしその笑顔はすぐに消え「でも、本当にあれでよかったんですか？」と本心を確認するような質問をぶつけてきた。美咲の顔が曇る。

「ファストフォワード症候群に限らず、病気になったとき一番大事なのは精神的な支えです。時にそれはどんな薬よりも効果があります。有明さんの心中はお察ししますが、それでも恋人に真実を告げた方が――」

「いいんです」美咲は遮った。「もういいんです」

そして神谷に笑いかける。

「もう決めたことですから。それに、わたしには支えになってくれる人が他にもいるんです。お兄ちゃんとか、あとお兄ちゃんの彼女とか。だから大丈夫です」

神谷は小さく頷いた。でもその顔は納得していない様子だった。

病院を出てバスと電車を使って梅ヶ丘まで戻る。

外を歩くときマスクが手放せなくなってしまった。他人に皺を見られたくないから。

近所の薬局で処方箋を提出して、免疫力を上げる薬と注射型の骨粗鬆《こつそしょうしょう》症の薬を受け取る。自分で注射することに最初は戸惑いもあったけど、でも今はもう慣れてしまった。手に提げたビニール袋を見つめながら改めて思う。

わたしってやっぱり病人なんだなぁ……。

家に帰ると貴司と綾乃がすき焼きを作って待ってくれていた。美咲の病気を知ってからというもの、綾乃は毎日のように来てくれる。嬉しい反面、迷惑をかけているんじゃないかという申し訳なさもある。でもそんなことを言ったらきっと嫌な気分にさせてしまうから、美咲はその罪悪感を心の奥底に隠していた。

久しぶりのすき焼きはほっぺたがとろけるほど美味しかった。貴司がお肉ばっかり食べてしまうから二人して文句を言いながら久しぶりに楽しいひと時を過ごす。

「仕事辞めるの、もう少し先にすればよかったな〜」

食後、綾乃が剝いてくれたりんごを食べながら美咲はため息を漏らした。

一方的に仕事を辞めてしまったことを今も後悔している。人手不足だったから、自分が突然いなくなったら迷惑をかけてしまうことは重々分かっていた。でも次の人が見つかるまでに老化が進行してしまったら。そのことで病気を知られてしまったら。そしてもしお店にやって来た晴人君の耳に入ったら……。怖くて本当のことは言えなかった。

「いいタイミングだったんじゃねぇか？」お茶をすすりながら貴司が言った。「無理して働いたらすぐ熱が出ちまうんだ。身体のこと考えたら早く辞めて正解だよ」

「でも毎日家にいても退屈なんだ。嫌なこと色々考えちゃうし……」

二人の顔が曇った。美咲はすぐにその空気を察知して「ごめんごめん、変なこと言ったね」と笑う。「あ、お兄ちゃん。わたしこれからお店の仕込み手伝うよ」

「仕込み？」

「うん。掃除したり食材切ったり、そのくらいはできるからさ」

「でも」と躊躇う貴司に、「いいじゃない。手伝ってもらいなさいよ」と綾乃が背中を叩く。兄は「そうだな」と白い歯を見せて笑った。

「じゃあ明日から手伝うね。わたしが働く分、二人は結婚式の準備とか進めてよ」

貴司と綾乃が顔を見合わせた。

「どうしたの？」

「結婚式なんだけどさ。少し先に延ばすことにしたんだ」

「え？」

「今の時期だと良い式場が取れないのよ」

「こいつが、どぉーしても人気の式場で挙げたいってうるせぇんだよ」

「なによそれ！　貴司がわたしの好きにしていいって言ったんでしょ!?」

「言ったけど、お前が選ぶ式場はどこも高いんだよ。少しは妥協ってもんを——」

「わたしのせい？」

二人が止まった。

「わたしが病気になったから結婚式延期するの？」

不安でじっと兄の顔を見つめていると、「なに言ってんだよ」とデコピンをされた。

「そんなわけねぇだろ」

「そうよ。考え過ぎよ」

「本当に？」

綾乃は泉のように澄んだ声で「本当よ」と頷いた。

きっと嘘だ。わたしのことを思って延期するんだ。わたしが病気になんてなったりしたから……。

でもそんな気持ちを隠して「ならよかった。心配しちゃったよ」と大げさに笑う。

やっぱりわたしは二人にたくさん迷惑をかけてしまっている……。

自室に戻り手鏡を覗いた。今日一日経っても皺は増えていない。安堵の吐息を漏らして鏡を伏せると、襖がノックされて「美咲ちゃん」と綾乃が部屋に入って来た。そして「はい、これ」と基礎化粧品のサンプルをくれた。

「いつもいつもごめんね」

「そんなことないわよ。どうせ会社で余ってるやつだから」

ここのところ美咲は執拗なまでにスキンケアに力を入れている。少しでも老化を遅らせたい、その思いが彼女を駆り立てていた。でもやはり良い商品になるとそこそこの値段はする。化粧水や乳液やクリームなど、良いものをたくさん買い揃えるとなるとお金がいくらあっても足りないのだ。そのことを化粧品会社で働く綾乃に相談したら、「うちの試供品でよかったら」と余っている物を持ってきてくれるようになった。

美咲はもらったばかりのサンプル品を試してみながら「あーあ」と少しオーバーにため息を漏らした。「変な病気になって人生損したよ」

テーブルに頬杖をつきながら綾乃は笑っている。無理しているときの笑顔だ。

「本当だったら今頃晴人君のプロポーズを受けて、お兄ちゃんに大反対されてるはずだったのになぁ〜」

綾乃は一瞬だけ悲しげな顔をしたが「貴司、結婚なんて絶対許さなかったと思うよ？」とグロスで光沢を帯びた唇をほころばせた。

「だよね。晴人君きっとお兄ちゃんに殴られてたね」

「えー、さすがに殴ることはしないでしょ？」

「いーや、お兄ちゃんなら絶対殴っちゃうよ」

綾乃はしばらく考えて「たしかにそうかも」とふふっと鼻を鳴らした。

人生には分岐点がある。今のわたしがきっとそうだ。病気になった人生と病気にならなかった人生。きっと病気にならなかった人生は幸せだったんだろうな。想像すると胸が痛い。でも晴人君との別れを決意したのは自分だ。だから後悔しちゃいけない。

綾乃が帰ってから抽斗を開けて桜色のシザーケースを出す。

——美咲さんの色だなぁって思ったんです。

——わたしの色？

——桜のような……美咲さんの色だって。

彼の笑顔を思い出すと、やっぱりまだ好きなんだと思ってしまう。

会いたいって、どうしようもなく思ってしまう。

一方的に別れを告げたとき彼は悔しそうに言っていた。その通りだ。最低だって自分でも思う。あんな酷い別れ方をしたんだから。

——最低だな……。

ごめんね、晴人君……。

美咲は胸に残る彼の笑顔が逃げてしまわぬよう、シザーケースを強く抱きしめた。

翌日から仕込み作業を手伝いはじめた。野菜を切ったり焼き鳥用の肉を串に刺したりする。高校生の頃はこんな風に店を手伝うことも多かった。両親を事故で亡くし、兄は大学を辞めてこの店を継いだ。初めは居酒屋の仕事に不慣れで、軌道に乗るまでは兄妹力を合わせてなんとか店を切り盛りしていた。こんな風に二人で開店準備をしていると、なんだか昔に戻ったみたいで懐かしい。

美咲は一生懸命働いた。開店準備を手伝っている間だけは病気のことを考えずに済む。だから貴司が心配するほど率先して身体を動かした。

常連客のみんなに顔を見られるのは嫌だから、手伝いは開店前と閉店後だけにした。近頃お店に姿を見せない理由は「彼氏と同棲しているから」と言ってもらっていた。

仕込み作業が終わると散歩に出かける。しっかりメイクを施した顔に更にマスクをつけて、目立たないように近所を一時間ほど歩く。神谷からも「筋力が落ちないように毎日運動はしてください」と言われていた。

大丈夫、わたしはまだ大丈夫……。自分にそう言い聞かせながら美咲は夕暮れの町をただひたすらに歩き続けた。老いという激流に必死に逆らうように。

九月は足早に去って行き、十月に入ると体調に変化が起こりはじめた。

ある朝、鏡を見てぞっとした。皺は前より明らかに存在感を増し、肌はくすんで色艶がなくなっている。頬を支える筋肉も衰えはじめ顔の肉が垂れて見える。

動揺して手鏡を持つ手が震えた。

老いている……。そう実感してしまった。

その日から美咲は容姿の変化に過敏になった。少しでも髪に白髪がまじるとカラーリングをするようになり、前にも増して入念にメイクを施すようになった。入浴後はスキンケアに一時間以上を費やし、取《と》り憑《つ》かれたように肌に良い食べ物を摂《と》るようになった。しかし病院に検診に行くと筋肉量や免疫力の低下を指摘されてしまう。そのたびに追い詰められていく恐怖に心は支配された。

ある日の昼下がり、美咲はぼんやりとテレビを観ながら思った。テレビに出ているこの人たちは昨日も同じ顔をしていた。お兄ちゃんも、綾乃さんも、みんな昨日と変わりない姿をしている。わたしだけが変わっている。わたしだけがみんなより何十倍も早い時間の中を生きている。どうしてわたしだけが……。

お笑い芸人のおちゃらけた姿に苛立ち、思わずリモコンを投げつけた。

「どうした？」台所で昼食を作っていた貴司が怪訝そうにやって来た。美咲は我に返り「ううん、なんでもない」と口角を上げる。こんな風に笑顔を作るのも随分慣れてしまった。

外見の老いと合わせて体力の衰えも著しい。近頃店の手伝いが辛い。立ちっぱなしで作業をすると足腰が痛くなってしまう。筋肉が減って身体を支えることが困難になっているのだ。でもそのことを言ったら貴司はきっと心配する。だから無理してでも手伝いを続けた。店を手伝えなくなったら部屋で病気と向き合う時間が増える。今よりもっと老いを実感してしまうだろう。だから美咲は作り笑顔を浮かべて「お兄ちゃん、他に手伝うことない？」と明るい声を上げた。

しかしそんな無理が続いたせいで、ある日熱を出して倒れてしまった。貴司は心配して「病院に行こう」と言ったが、嫌だと何度も首を横に振る。

病院には行きたくない。自分が病人だと実感させられてしまうから……。

「大丈夫。寝てれば良くなるよ」

そう言って逃げるように布団に潜り込む。

熱が下がらず朦朧《もうろう》とする意識の中、壁に貼られたカレンダーに目を留める。十月も一週目が終わってしまった。並んだ数字を見つめていたら、ふとあることを思い出した。

そういえば、来週はお父さんとお母さんの命日だ。


翌週には熱が下がり、兄と墓参りに出かけた。

貴司は命日のことなどすっかり忘れていて「そういえばそうだったな」とおどけて笑っていた。でもそれが嘘だとすぐに分かる。お兄ちゃんはわたしのことを気にしてお墓参りを躊躇っていたんだ。きっと死を連想させてしまうから……。

駅前の花屋で仏花を買って墓地を目指す。こんな風に二人でお墓参りに来たのは本当に久しぶりだ。美容師をしていた頃は忙しくて時間を合わせることができなかった。だから天国のお父さんとお母さんも、兄妹揃って来たことを喜んでくれているに違いない。

秋空は高く、とんびが悠然と青の中を飛んでいくのが見える。風はひんやりとしてマスタードイエローのカーディガンだけじゃ少し肌寒い。手をこすり合わせていると、墓石を磨いていた貴司が気付いて羽織っていたジャンパーを肩にかけてくれた。

それから二人は線香を供えて手を合わせた。

……お父さん、お母さん、わたし病気になっちゃったよ。治らない病気なんだって。人より早く年を取っちゃう病気なんだ。最近ね、皺も増えて体力も随分落ちたの。少しずつ身体の自由が利かなくなっている気がするんだ。きっとこんなこと言ったら二人を悲しませちゃうけど、でもね、今日だけは言わせて……。お父さん、お母さん、どうしてもっと健康に産んでくれなかったの？　病気になんてならない身体に産んでほしかったよ。元気で健康に生まれてきたかったよ……。ごめんね。わたし酷いこと言ってるね。親不孝だね。でもやっぱりそんな風に思っちゃうんだ。元気に生まれてきたかったって。本当に最低なことを言ってると思う。きっとこんなんだからバチが当たったんだね。

「美咲？」

兄の声がして目を開いた。

「帰ろうぜ」

しかし美咲は動かない。

「どうした？」

「……来年の今頃は、わたしもきっとこのお墓の中にいるんだね」

貴司は苦笑いを浮かべて「バカなこと言ってんじゃねぇよ」と呟いた。

「……バカなこと？」

「そんなこと考えるんじゃねぇ。くだらねぇこと言ってると怒るぞ？」

「考えるよ……」

美咲の声は微かに震えている。そしてぎゅっと手を握ると、

「考えるに決まってるじゃん！」

憤りが口から溢れた。しかしすぐに「ごめん」と俯く。

やっぱりわたしは最低だ。人に苛立ちをぶつけて、八つ当たりして、そんな人間だから病気になったりしたんだ。

すると貴司が美咲の肩を抱いた。

「死なねぇよ」

その声は優しかった。優しくて思わず泣きそうになってしまう。

「お前は死なない。絶対に死なないよ」

美咲は空笑いを浮かべた。

「お医者さんの話ちゃんと聞いてた？　この病気は治らないんだよ？　だから――」

「うるせぇよ……」

兄の声は悲しみを堪えるように震えていた。

「俺がなんとかする」

「……お兄ちゃん」

「絶対なんとかするから……」

その言葉が心に染みて目の奥が熱くなる。

「今までだってそうだ。ガキの頃、お前が近所の奴らにイジメられたときも……親父とおふくろが死んだときも……美容師になりたいって言ったときも……いつも俺がなんとかしてきたじゃねぇか……」

肩に添えられた手は大きくて温かい。ずっとわたしを支えてくれたお兄ちゃんの手だ。

兄は洟をすすって笑った。

「俺がついてるから心配すんな。だからもう二度とそんなこと言うなよ？」

「ごめんなさい……」

美咲は謝った。産んでくれた両親に、育ててくれた兄に、何度も何度もごめんなさいと謝り続けた。

「帰って美味いもんでも食おうぜ」貴司が美咲の頭をごしごしと撫でる。「なにがいい？」

「お兄ちゃんのチャーハンがいいな……」

「そうか。じゃあスゲー美味いの作ってやるよ」

そう言って微笑みかけてくれる貴司に、「うん」と笑い返す。

兄の笑顔にほんの少しだけ救われた気がした。

＊

——お兄ちゃんは、わたしのヒーローだね。

幼い頃、美咲が俺にそう言った。あいつは六つも年下で、いつも近所のガキに「飲み屋の娘」とからかわれて泣いていた。だから俺はあいつがイジメられていると聞けば、すっ飛んで行って悪ガキどもを成敗した。地面にへたり込んで泣いているあいつに手を伸ばすと、美咲は笑顔で言ってくれた。

お兄ちゃんは、わたしのヒーローだね……って。

その声を、その笑顔を、俺は今もよく覚えている。

老化の進行を食い止める術はないのか。貴司は諦めずにその方法を探し回った。病院は当てにならない。「ファストフォワード症候群は治療法が確立していない」の一点張りだ。だから民間療法で美咲に合いそうなものを探した。早くしなければ病状が進んでしまう。ここ最近更に皺は増えた。もう二十四歳には見えない。このままだと来月にはもっと年老いてしまう。早くしなくては……。

そんな中、電磁波治療というものを見つけた。様々な難病を患った人がこの治療院に通っているらしい。ホームページには治療を通じて病状が軽くなったという体験者の声が掲載してあった。

これは期待できるかもしれない。貴司は望みを抱いて横須賀《よこすか》にあるその治療院に電話をかけた。院長は感じの良さそうな声の男だった。妹がファストフォワード症候群であることを伝えると親身になって話を聞いてくれた。

『病院というのはガイドラインに則った治療しかしないんですよ。わたしも昔は医大系列の病院に勤めていました。しかしそういった杓子定規《しやくしじようぎ》的な治療では患者さんの苦痛を軽減することはできない。そう思って今の治療院をはじめたんです』

たしかにその通りだ。受話器を手にうんうんと何度も頷いた。

「そちらの電磁波治療で妹を助けることはできませんか？」

『助けたい気持ちは山々ですが、治療というのは患者さんによって合う合わないがあります。実際に治療を受けて頂かなければなんとも言えませんね』

「そうですか……」

『しかし、当院には妹さんと同じ病気の方もいらしてますよ』

「本当ですか!?」

『ええ。この治療でとても良い効果が現れています。電磁波で細胞が活性化されたことで老化が止まったと仰っていましたね』

すぐに予約を取った。特殊な機材を使っているため保険は適用外の全額自己負担。でも金のことを言っている場合ではない。貴司の胸に期待が湧き水のように溢れた。

それから数日後、美咲を連れて治療院へ出かけた。電車で行くのは体力的に辛いだろうから綾乃の車を借りることにした。

高速道路を使って横須賀を目指す。しばらく走るとフロントガラスの向こうに海が見えてきた。窓の隙間から入り込んだ潮風が鼻孔をくすぐる。煌《きら》めく海と山々に覆われた街並みを見ていると、そこが美咲を救ってくれる夢の国のように思えた。

横須賀の中心地から浦賀《うらが》方面へと車を走らせる。入り組んだ住宅地をしばらく進んでいくと治療院が見えてきた。金物屋とコンビニに挟まれた小さな治療院。青い看板には『優春堂《ゆうしゅんどう》治療院』と書かれていた。

「ここなの?」

美咲は初めて訪れた場所に緊張している様子だった。だから安心させようと「心配すんなって」と大げさに歯を見せて笑った。

院内は八畳ほどの待合室に受付カウンターがあって、その奥に診察室がある。ヒーリング系の落ち着いたBGM。壁には患者の声が貼り出されていた。

数人の患者が待合室の長椅子に座って雑誌を読んだりスマートフォンをいじったりしている。皆なにかを患っているからだろうか、一様に顔色が悪く見えた。

予約している旨を伝えると問診票の記入を頼まれた。美咲が症状を事細かに記していく。貴司ははやる気持ちを必死に抑えた。早く治療を受けさせてやりたい。老化を抑えられたときの美咲の顔を想像すると今から嬉しくなる。

問診票の記入が終わると、しばらくして名前を呼ばれた。初めてということもあって貴司も一緒に診察室に入らせてもらった。

「院長の前野《まえの》です」白衣を着た柔和で恰幅《かっぷく》の良い男が、医学書の並んだデスクに向かって座っている。電話の声と同じだ。前野院長は問診票を見ながら美咲に質問を重ね、しばらく触診をしてから「では治療をはじめましょう」と隣の部屋へと二人を通した。

衝立《ついたて》で区切られた三つほどのスペースにはそれぞれ簡易ベッドが置かれていて、その足元には大きな機械が備え付けられている。どうやらこれが電磁波を流す機械のようだ。

美咲が緊張の面持ちでベッドに横になると、前野は機械から伸びたパッドを妹の両手両足に装着する。ベッドの下には特殊なマットが敷かれていて、腕と足、そして背中から電磁波を流す仕組みになっている。

治療がはじまると貴司は待合室に戻り、長椅子で美咲の帰りを待つ。その間、心臓の鼓動はいつもより早く感じた。ふぅと大きく息を吐くと隣に座っていた老人がチラッとこちらを見た。音を立てたことを会釈して詫び、時間が経つのをただひたすら待った。

一時間ほど経って美咲が戻ってきた。貴司は駆け寄り「どうだった？」と訊ねる。

「まだよく分からないや」困惑している美咲。すると前野がやって来て「すぐに効果は出ませんので継続していらしてください。でも今日の治療だけでも細胞はかなり活性化されているはずですよ」と満面の笑みで言った。貴司は何度も頭を下げて感謝の言葉を口にした。

カウンターに座る中年女性が「では本日、初診料も合わせて五万四千円になります」と言ったので、尻のポケットから二つ折りの財布を取り出してカウンターに札を置く。美咲は不安そうにこちらを見ている。しかし貴司はその視線に気付かないふりをして会計を済ませた。

「……あんなに高かったんだ」

帰りの車中で美咲が言った。

「金のこと気にしてるのか？　バカだなぁ。ケチケチしてどうすんだよ。これで病気を抑えられれば安いもんだろ？　お前は金のことなんて気にすんな」

トンネルに入り車内がオレンジ色に染まる。横目で見ると美咲は複雑そうな顔をしていた。貴司は話を逸らすように別の話題をはじめた。

その日から週に二度、多いときには週に三度、美咲を横須賀の治療院に連れて行った。一時間ほど治療を受け、追加でビタミンを濃縮した点滴も打ってもらった。治療費は高いときで八万円を超えることもあったが、それでも毎週必ず連れて行った。自宅で簡易的な電磁波治療ができるマットがあると薦《すす》められれば五十万円の大金でも躊躇うことなく支払った。すべては妹のためだ。きっとこの治療が美咲の老化を抑えてくれる。そう信じて疑わなかった。しかしそれだけ金を使えば貯金はあっという間に減っていく。預金残高はもうすぐ底を突こうとしていた。

そんな日々が一ヵ月ほど続いた十月の終わり——。

結局、美咲の老化を抑えることはできなかった。髪の毛はこまめにカラーリングをしているから黒々としているが、頬を支える筋肉は衰え、顔全体が下に引っ張られてしまっている。猫のように大きな瞳も瞼の筋力が落ちたせいで小さくなり、顔全体が暗い印象に覆われてしまった。メイクで老化を隠すにはもう限界だった。

もちろん美咲も自身の変容には気付いている。だからある日を境に鏡を見るのをやめてしまった。言葉数も減って笑うことも少なくなった。あの潑剌とした笑顔はもうどこにもなかった。

そんな美咲を見ると胸の奥から焦りがせり上がる。なんとかしなくては。治療の回数が少ないからだろうか？　もっとたくさん治療を受けさせてやろう。毎日通わせよう。そうすればきっと効果が現れるはずだ。そんな思いに取り憑かれるようになっていた。

ある夜、店を閉めて売り上げの集計をしていると綾乃が店にやって来た。

「ちょっといい？」彼女の表情は険しい。

なにか言いたげなその瞳に電卓を叩く手を止めた。

「例の治療、いつまで続けるつもり？」

「いつまでってどういう意味だよ？」貴司は眉をひそめた。

「効果があるようには思えないんだけど……」

その言葉に貴司の目が鋭くなる。

「治療をはじめてもう一ヵ月近く経つわよね？　でも全然効果出てないと思うの。現に美咲ちゃんの病状は前より進行してるし、筋力だって落ちて歩くのも辛そうじゃない。これ以上外を連れ回すのは――」

「うるせぇよ」吐き捨てるように言った。「まだはじめたばかりなんだ。すぐに効果は出ねぇよ」

「でももう二百万以上使ってるんでしょ!?　そんなに使っても効果が出ないなら、これからだって！」

「静かにしろ。美咲が目を覚ます」

「美咲ちゃんを思う気持ちはよく分かるけど、でもこんなこと続けても意味ないよ！　もっと冷静になりなさいよ！」

貴司はテーブルの上で拳を握りしめた。

「お前は他人だからそんなことが言えるんだ」

「……なによそれ」綾乃の顔がみるみる紅潮する。

「俺は美咲のためだったらいくら使ったって構わねぇよ。たかが二百万だろ？　その程度の金でガタガタ言うんじゃねぇ」

綾乃は俯いたまま動かない。

「もう帰れよ。これ以上、美咲の病気について口出しするな」

立ち上がって綾乃に背を向けると、「わたしだって──」と声が聞こえた。

振り返ると彼女は肩を震わせていた。

「わたしだって美咲ちゃんのこと助けたいわよ……」

必死に堪えていたが、長いまつげが上下に動くと涙がはらはらと零れた。

「同じ女だから……毎日自分が老いていく怖さが分かるから……」

綾乃は堰《せき》を切ったように泣き出した。綾乃がこんなに泣いたところを見たのは初めてだ。貴司の胸がじんと痛くなる。

「それに他人なんかじゃない……美咲ちゃんはわたしにとっても妹なの……だから……だから助けたいに決まってるでしょ!?」

「悪かったよ」

頬を流れる涙に指を伸ばす。しかしその手ははじかれた。

零れ落ちる涙を見るのは辛い。でも……。貴司は口元に力を込める。

「でも分かってくれ。もう少しだけ続けさせてやりたいんだ。ここで治療をやめて、あのときもう少しだけ続けていればなんて思いたくないから。それに、もしかしたらこれから効果が出るかもしれないだろ？　だから……」

綾乃はなにも言わずに店を出て行った。しかし後悔はない。美咲のためにできることはすべてしてやる。そう心に決めていた。親父やおふくろの分まで俺が……。使命感が今の貴司を突き動かしていた。


十一月に入ってからも美咲を横須賀へ連れて行った。綾乃とはあれ以来連絡を取っていない。だからレンタカーを借りて出かけていた。

高速道路を降りて国道を走っている間、美咲はなにも話そうとはしなかった。進行する老化に日々心が押し潰されそうになっているのだ。いつものようにマスクで顔を隠して車窓を流れる景色を眺めている。その姿が痛々しい。貴司は無理に明るく努めた。昨日あった常連客とのバカなやり取りを笑いながら語り、時々鼻歌を唄ったりもした。でも美咲は一切笑ってくれなかった。

いつものコインパーキングに車を停めて、美咲の身体を支えながら治療院を目指す。綾乃の言う通り、美咲はここのところ歩くことすら困難になっていた。

「大丈夫か？」

細くなった腕を掴んで歩行をサポートしてやる。美咲は「うん」と短く答えて肩で息をしながら、おぼつかない足取りで一歩一歩進んでいく。足を引きずりながら歩く妹を見るとたまらない気持ちになる。ナイフで心をズタズタに切り裂かれるように。

頑張れ……頑張れ……と心の中で声をかけながら治療院までの道を歩いた。

しかし、治療院にやって来た貴司の表情が固まった。

シャッターが下りている。――でも今日は休診日ではない。予約はちゃんと取ってある。どういうことだ？　眉をひそめて携帯電話を取り出し電話をかけた。コールはするが一向に出る気配はない。嫌な予感が忍び寄ってきて背中がじんわりと冷汗で濡れた。美咲は貴司の腕を掴んだまま不安げにこちらを見上げている。

「どうしたんだろうな？　おかしいな。休みか？」安心させようと笑顔を浮かべたが、顔が引きつってしまう。

すると「どうしたの？」と隣の金物屋から主人が顔を覗かせた。

「あの、今日この治療院は——」

「ああ。そこの先生なら、昨日警察に捕まったよ」

「え？」

「詐欺だったみたいだよ？　ただ電気流してるだけで何十万も金ふんだくってたって話だからねぇ。ひどいもんだ」

足元が崩れるような気分だった。めまいがしてよろめくと、美咲が服を引っ張ってくれた。

「お兄ちゃん、大丈夫？」

「参ったな。ははは……」

美咲はなにも言わずに悲しげな目でこちらを見つめていた。


二人は海の見える公園のベンチに腰を下ろした。

傾きはじめた太陽が海の向こうの米軍基地を静かに照らしている。クジラのような大きな潜水艦が悠然とオレンジ色に輝く海に浮かんでいるのが見える。

貴司は手に持った缶ジュースを飲み干すと「それにしてもひでぇ話だな」と大げさに笑った。「本当にこの手の詐欺ってあるんだなぁ。金はちょっと使っちまったけど、でも早く分かってよかったよ」

美咲は「うん……」とミルクティーの缶を両手で強く握った。

「そんな顔すんじゃねぇよ。大丈夫だって。すぐまた良い治療院探してやるから」

妹はなにも言わない。髪の毛がその表情を隠している。

「美咲？」

「……もういいよ」

貴司の顔から笑顔が消えた。

「もう大丈夫だから」

美咲はこちらを見て微笑んだ。

「治療とか探さなくて平気だよ」

「そんなこと言うなって。どっかに老化を遅らせる治療が必ずあるはずだからさ。見つけるまでもう少し頑張ってみようぜ。な？　今やめたらもったいないって」

「ううん。ホントにもう平気だから。これ以上わたしのためにお金使うことなんてないよ。二百万円なんて使いすぎ。綾乃さんに怒られて当然だよ」

「お前……」貴司の顔が引きつる。「聞いてたのか？」

美咲はなにも言わずに笑っている。深い皺を寄せて満面の笑みを浮かべている。必死に笑顔を作っているんだ……。

「わたし頑張るよ！」

美咲は歯を見せて笑った。

「病は気からって言うもんね。だから病気になんて負けないよ。自分の力で治してみせるから」

それが強がりだと分かるからたまらない気持ちになる。無理して一生懸命明るく努めているんだ。老いていく怖さに押し潰されそうなのに、それでも俺のことを思って無理しているんだ。元気付けようとしてくれているんだ。本当なら俺が元気にしてやらなきゃいけないのに……。

貴司は悔しさで顔を歪めて俯いた。

「お兄ちゃん？」

大きな肩がぶるぶると震えた。堪えきれずに嗚咽《おえつ》が漏れる。貴司は俯いたまま泣き出した。

「美咲――」

震える両手を膝の上でぎゅっと握りしめた。

「なにもしてやれなくてごめんな……」

美咲の瞳が涙でじんわりと滲み、夕日に照らされ輝いている。

「本当なら俺がお前を助けてやらなきゃいけないのに……それなのに……なにもしてやれなくて……満足な治療すら受けさせてやれなくて……俺は……俺は……」

悔しさと自責の念がこみ上げ、数え切れないほどの涙が零れ落ちた。

「ダメな兄貴でごめんな……」

貴司は涙と鼻水で顔をぐしゃぐしゃにして泣き続ける。

「ごめんな……本当にごめんな……」

美咲はポケットからハンカチを取り出した。

「汚いなぁ、もう」

そう言って笑いながら涙を拭いてくれた。そして「そんなことないよ」と貴司の頭を撫でた。幼い頃、イジメられて泣いていた美咲の頭を貴司が撫でてやったように。今度は美咲が兄の頭を優しく撫でてあげた。

「お兄ちゃんはわたしのヒーローだもん」

違う。俺はお前のヒーローなんかじゃない。

なにもしてやれない俺は……。

「だからお兄ちゃんがいれば病気にだって負けないよ」

美咲は自分に言い聞かせているようだった。

「絶対負けないよ！」

老いたくない。若いままでいたい。美咲はそう言いたげに必死に涙を堪えている。なのに、それなのに、俺が泣いててどうするんだ……。貴司は不器用に涙を拭った。まだできることはあるはずだ。美咲のためにしてやれることが必ず。

沈みゆく太陽を見つめながら、心の中で強くそう思った。

＊

一年ぶりに袖を通したデニムブルゾンは、ほんの少しだけ去年の秋の匂いがした。

あの頃はまだ美咲と出逢って間もなくて、髪を切る君の姿を鏡越しに気付かれないように見つめることしかできなかった。それでもハサミを手にした真剣な表情や、ふとしたときに見せる愛らしい笑顔に、心は温かい気持ちに包まれていた。

十月のカレンダーを剝がすと、またひとつ美咲と過ごした時間が過去へと押しやられてしまった気がする。こんな風に一日一日が水のように流れていけば、僕はいつか君を思い出すことすらなくなってしまうのだろうか。

美咲と別れて二ヵ月。今もまだ彼女のことを思い出してしまう。一緒に行った映画館、喫茶店、彼女が好きだったゼリーをコンビニで見つけるたび、左隣で笑っていた美咲のことを思ってしまう。今なにをしているんだろう？　手荒れは大丈夫だろうか？　新しい彼とは幸せでいるのかな……と。忘れてほしいと言われたくせに、今も情けなくそんなことを考えている自分にため息が漏れる。だから先週、彼女を吹っ切ろうと新しい美容室で髪を切った。でも出来上がった髪型を見て思ってしまった。

美咲の方が上手だったな……。

晴人は洗面台の鏡に映る新しい髪型を見つめて、また少しだけため息を漏らした。


澤井に厳しい言葉をぶつけられてからというもの、晴人は仕事に全力で向き合うように心がけていた。もうこれ以上みんなの足を引っ張ってはいけない。ただでさえ仕事ができないんだから、誰よりも声を出して率先して動くようにしよう。毎日集合時間よりもずっと早くスタジオに入って撮影準備を行い、備品に不足がないかを何度も確認する。おかげで高梨に叱られる機会は前より少なくなった。

この日の仕事帰り、澤井たちと事務所近くの居酒屋で軽く一杯飲むことになった。ビールが届くや否や高梨が失恋の理由を訊ねてきた。美咲と別れたことを知ってからというもの、高梨は芸能レポーター顔負けに根掘り葉掘り色々と質問をぶつけてくる。「どうして別れたんだ?」「なにが理由だ?」「相手に男ができたのか?」「それともお前のヤバい性癖に愛想尽かされたのか?」

坊主頭を押し付けんばかりに近づいてくる高梨に辟易《へきえき》していると真琴と目が合った。ドキリとして視線を外してしまう。

あのキス以来、二人は若干気まずい関係にあった。仕事中は普通にやり取りできるのだが、休み時間やこんな風に皆で食事に出かけると妙に意識してしまい視線を合わせられなくなる。そんなよそよそしい晴人に真琴は少し困っている様子だった。

でもな……と晴人は思う。急にキスされたんだから、そりゃ意識しちゃうって。あのキスはどういう意味だったんだろう。真琴さんは僕のことが好きってこと？　考え過ぎか？　ただ酔っていただけ？　彼女は才能溢れるカメラマンだし、仕事はできるし、おまけにかなりの美人だ。二つしか違わないのに大人な雰囲気が漂っていて、きっとかなりモテるはずだ。現に仕事でやり取りしている出版社の人なんて彼女に本気で惚れているって噂《うわさ》だし。そんな人が僕みたいな仕事のできないダメ男を好きになるわけがない。

「──で、お前は他に好きな女いねーのかよ？」高梨が指に付いたタルタルソースをベロベロ舐《な》めながら迫ってきた。その質問に真琴もこちらに視線を向ける。

「どうなの？　朝倉君」

彼女のいたずらな笑みに汗が噴き出す。

「今はいないっていうか……」

「ふーん、いないんだ」真琴はじろりと目を細めた。

「いや、なんていうかその……」

「煮え切らねぇ野郎だなぁ！　もつ鍋に顔面突っ込んで煮ちまうぞコラ！」

困ってビールに口を付けると、「朝倉君は最近、仕事に一生懸命だから恋愛どころじゃないでしょ」と澤井が助け船を出してくれた。突然褒めてくれたことにびっくりして ビールを吹き出しそうになる。

「そ、そんな、まだまだですよ！」興奮して立ち上がって、テーブルに腿をぶつけてしまった。

「あたりめぇだろタコ！　まだまだどころじゃねぇよ！　ようやくクズから虫けらに昇格したくれーだっての！」と高梨が舌打ちをする。

結構酷いことを言われているが、虫けらに昇格できたことすらも嬉しい。

「でも、朝倉君はこれからどうしたいの？」

その質問に笑顔が固まった。「え？　これから？」

「僕としてはこのままアシスタントを続けてくれるのは助かるけど、でも君の人生としてはこのままでいいわけじゃないだろ？」

「僕の人生……」

「高梨君は二月に仲間と写真展をするし、真琴君も風景スナップの撮影依頼がどんどん来ている。みんなそれぞれ頑張っているからね。僕のアシスタントをしているだけではきっと一人前のカメラマンにはなれないと思うよ？」

たしかにその通りだ。ようやく仕事に慣れてきたとはいえ、自分の将来の展望について一切考えずに生きていた。高梨さんも真琴さんも忙しい中で自分の写真を撮っている。

でも僕はなにもしてない。一番下っ端で一番力のない僕がなにもしていないなんて、そんなことで二人との差が縮まるわけがない。

「朝倉君はどんな写真が撮りたいの？」

答えられなかった。僕が撮りたい写真って一体なんなんだ……？

その夜は悶々としてなかなか寝付けなかった。

美咲に相応しい男になりたいと思って再びはじめたカメラ。でもそこから先のことなんて全然考えていなかった。『相応しい男になる』というただ漠然とした思いだけで日々の仕事を続けていた。そんな男がプロポーズをしたところで、そりゃフラれるに決まってる。

そして今、美咲と別れて『相応しい男になる』という目標すら失ってしまった。じゃあ僕はこれからどうなりたいのだろう？　どんな写真を撮りたいのだろうか？

しかし、いくら考えても答えは見つからなかった。

その日を境に、晴人は休日を利用して写真を撮るようにした。自分が撮りたい写真がなんなのかは分からない。でも休みだからといって家でゴロゴロしている暇なんてない。高梨さんも真琴さんも休みの日は自分の活動をしているんだ。だから僕も……と、背中を押されるように街に出て写真を撮り続けた。

そうやって撮った写真を澤井に見てほしいと頼んだ。こんな下っ端が偉そうなお願いをしていることは重々承知している。しかしプロのカメラマンとして第一線を走っている澤井に自分の力量を計ってもらいたかった。

澤井は晴人が撮った写真を事務所のテーブルに並べてじっと見つめる。こんな風に作品を見られるのは面接のとき以来だ。緊張で足が震えた。

「これはただの紙だね」

「紙？」

「風景が写っているただの紙だ」

澤井はマグカップのコーヒーを一口すすり、座ったまま横に立つ晴人を見上げた。

「この写真からじゃ君がなにを撮りたいのか一切伝わってこないよ。ただ闇雲に街の風景を撮ったって、なんの驚きも感動もないからね。まぁ、強いて言うなら『僕は焦ってます』って気持ちだけは伝わったかな」

にっこり微笑む澤井に返す言葉すらなかった。

「ブレッソンがこんなことを言っていたね。『写真を撮ること、それは、同じ照準線上に頭、目、心を合わせること。つまり、生き方だ』ってね」

アンリ・カルティエ＝ブレッソン、二十世紀を代表するフランスの写真家だ。

「プロとして写真を撮っていくには才能や技術はもちろん大事だよ。でも、写真にはカメラマンの性格や人間性が大きく表れる。肝心なのは〝撮り手の心〟だと思うんだ」

「撮り手の心？」

「シャッターを押す瞬間、なにを想い、なにを願うのか……。それが写真に魂を吹き込むのかもしれないね」

「願い……」

「朝倉君は写真にどんな願いを込めたいのかな？」

その言葉が錨《いかり》のように心の底にずっしりと深く落ちた。

深夜、事務所に残って自分の写真と澤井が撮った写真を隣り合わせに置いて比較してみた。風景写真とスマートフォンの広告写真だから比較にはならないかもしれないが、それでも澤井の撮った写真には言葉にしがたい〝迫力〟があった。『魂が込められている』そんな気がした。撮り手が訴えかけるエネルギーやメッセージをたしかに感じる。

それに引き換え……。晴人は自身の写真を光に透かした。

「願いか……」

実際これを撮ったとき、僕の心には願いはおろか訴えたいものすらなかった。

僕はなにを願って写真を撮ればいいのだろう？

「――随分早いね？」

真琴の声で目が覚めた。ブラインドから差し込む朝日を見て、いつの間にか眠ってしまっていたことに気付いた。

「おはようございます」

「もしかして事務所に泊まったの？　そんなに仕事残ってた？」

「いや、気付いたら寝ちゃって……」

「なにしてんのよ」真琴はストールを外しながらやれやれと笑った。「澤井さんに写真けなされて落ち込んでたんでしょ？」

「え？」

「昨日、帰りに澤井さんと高梨さんとご飯行ってさ」

その席で聞いたのか……。

「澤井さん、少しだけ君のこと褒めてたよ」

眠気が吹っ飛んだ。「どうしてですか？」

「写真を見てほしいって持ってくる姿勢だけは偉いってさ。今まで言われたことしかできなかった朝倉君からは一歩前進だね」

「でも写真はダメダメでしたけど……」

「そうだ、朝倉君。週末って時間ある？」

「ありますけど」

「じゃあ写真でも撮りに行こうよ」

真琴はそう言って柔らかく微笑んだ。

週末――。人もまばらな早朝の京王線高尾山口行き特急電車。

眠い目をこすりながら、晴人は車窓の向こうに広がる秋空をぼんやりと見ていた。時計は七時五十分を指している。いくらなんでも出かけるには早すぎる。大きなあくびが漏れた。

『高尾山口、高尾山口、終点です。一番線到着、出口は右側です』

ホームに降り立つと都心とは比較にならないほど風が冷たくて、デニムブルゾンの前ボタンを慌てて留めて身体を丸めた。どうして現地集合なんだ？　しかもなぜ高尾山？　そんな疑問は改札を出て川の向こうの山々を見た途端、あっという間に吹き飛んだ。

紅色と黄金色の葉が入り交じるようにして青空の下で輝いている。新鮮な太陽の光を浴びるその光景は、まるで高価な色絵陶磁器のようだった。晴人は衝動的にデイパックからカメラを引っ張り出してシャッターボタンを数回押した。

約束の時刻を五分ほど過ぎた頃、改札から人が溢れ出てきたのと同時に「朝倉君」と聞き覚えのある声がして振り返った。

「なんですか、その格好？」晴人は驚いて口をあんぐりと開けた。

真琴はいわゆる〝山ガール・ファッション〟に身を包んでいた。モンベルのインクブルーのコロラドパーカ、トレッキングバッグ、頭にはマウンテンハットまで被っていた。本気の登山スタイルだ。

「だって山登りだもん。このくらい当たり前でしょ？」と彼女は両手を広げて自慢げに服を見せて笑う。

「山登り？」

「さ、行こう行こう」真琴は晴人のブルゾンの袖を引っ張った。

それから二人はしばらくバスに揺られた。やがて町並みは寂しくなり、畑や空き地が目に付くようになった。その光景に不安が募る。僕はこれからどこへ連れて行かれるのだろう。高尾山をハイキングしながら紅葉の写真を撮るんじゃないのか？　それにさっきの山登りという発言は一体……。横目で見ると真琴は鼻歌交じりに遠くの山々を眺めていた。その笑顔がより一層晴人を心細くさせた。

陣馬《じんば》高原下《こうげんした》の停留所でバスを下りて陣馬街道を和田峠方面に向かって歩いて行くと、やがて舗装されていない山道へと変わる。

「あのぉ、高尾山ってケーブルカーで上るんじゃなかったでしたっけ？」

「それは表参道コースね。ここ陣馬山コースだから」

「陣馬山コース？　それってどのくらい登るんですか？」

「六時間くらいかな？」

「六時間!?」衝撃的な答えにひっくり返りそうになった。「この山道を六時間も登るんですか!?」

「はいはい、男の子なんだから文句言わないの」

そりゃ文句も言いたくなるよ……。

そんな晴人を尻目に、彼女は杉林に囲まれた急な上り坂をひょいひょい登っていく。必死に追いかけるが、早速太腿が痛くなってきた。前途が思いやられる。

それから一時間以上かけて陣馬山の山頂に到着した。日頃の運動不足で身体は悲鳴を上げている。明日は確実に筋肉痛だろう。それでも山々の稜線の向こうに富士山が見えると思わず笑みが零れた。

真琴と並びながら広大な自然を写真に収める。彼女の目はいつも以上に輝いていて、写真を撮ることが楽しくて仕方ないことが横にいるだけで伝わってきた。

「ちょっと意外でした」

彼女は「なにが?」とファインダーを覗いていた目をこちらに向けてぱちぱちさせた。

「真琴さんの趣味が山登りだなんて」

「趣味ってほどじゃないけどねー。まぁ、学生の頃は時々こんな風に山に登って風景写真撮ってたんだけどさ。でも今は忙しくてなかなか」

「真琴さんは広告が撮りたい人なんだと思ってました」

「前は風景写真のフォトブックとか出したいなぁーって思ってたんだ。でもアーティスティックな活動って日本じゃなかなか難しいでしょ？　とはいえ食べていかなきゃいけないから、それで広告はじめたんだ」

彼女がどういう経緯で今の仕事をするようになったのかを初めて知った。優秀な真琴ですら自分が望む仕事はできないでいる。それほどまでに写真の世界は厳しいのだ。背筋が伸びる思いだった。

「でも、ゆくゆくは世界中を回って自分の写真を撮りたいんだ。それがわたしの夢」

真琴は少し恥ずかしそうに笑った。

夢か……。その響きに妙な懐かしさを覚える。長野の田舎で一流のカメラマンになることを志していた頃の自分。東京に行けばなにかが変わると思っていた。人生が大きく動き出すと。でも晴人にとって東京は夢を叶える場所ではなく、自分の限界を思い知らされた場所だった。

真琴さんには撮りたい写真がある。叶えたい夢がある。でも僕には撮りたいものなどひとつもなく、ただ写真の仕事を続けている。これじゃあ目標のないフリーター時代とさほど変わらないじゃないか。でも焦れば焦るほど答えは見つからない。深い静寂に包まれた森の中を目隠しして歩くような気分だ。

一時間ほど周辺を散策して木々や鳥たちを写真に収めた。

「ちょっと早いけどご飯にしようか」

ベンチに並んで腰を下ろすと、彼女は手製のおにぎりを分けてくれた。

「直接握ってないからね。ちゃんとラップして握ったから平気だよ。ほら、人が握ったおにぎり食べれない人っているでしょ？」

「僕はそういうの全然大丈夫です」

「だと思った」真琴は頬を持ち上げて笑った。

彼女の握ったおにぎりは驚くほど美味しかった。塩気も中身のたらこの焼き加減も絶妙で、おかずのから揚げもかなりの美味しさでびっくりしてしまった。

「真琴さんって料理上手なんですね」

「なにそれ。もしかして料理できないって思ってた？」

「思ってました」

「ひどいなぁ」

「冗談ですよ」と晴人は笑う。それからふと表情を落として「料理も写真もできるなんて羨ましいです」と自嘲気味に唇の端を下げた。

「まだ悩んでるの？　朝倉君の趣味は悩むことだね」

「なにが撮りたいか分からないってカメラマンとして致命的じゃないですか？」

「そうかなぁ？」

「そうですよ」

「だったらもっと悩めばいいじゃん」

「え？」

「そういうときって、とことん悩んだもん勝ちだと思うよ」

その言葉の意味を理解できず、ぽかんと口を開けていると、

「わたしだってたくさん悩むよ？　自分の撮りたい写真はなんだろうとか、この写真に意味なんてあるのかなぁって。きっとこれからも悩むと思う。でもね――」

真琴は真剣な表情を浮かべて遠くの山々を見つめた。

「悩むからこそ写真を撮り続けたいと思うんだ。そうやって悩んで、迷って、苦しんだことも全部含めて、それが自分の作品になるって信じてるから……」

そう言うと、真琴は晴人の背中をバシンと叩いた。

「だから朝倉君もとことん悩みなよ。自分の撮りたい写真が分かるまでさ」

真琴さんも悩みながら写真を撮っているんだ……。答えはそう簡単に見つかるわけじゃない。悩みながら撮り続けていくものなんだ。そうやって悩んだ時間が自分自身の足跡になるんだ。

「それでいつか教えてよ。朝倉君の撮りたい写真がなんなのか」

晴人は薄く微笑み頷いた。

午後三時を過ぎた頃、ようやく高尾山に到着した。

あまりの疲労で膝は笑い、シャツもパンツも汗でぐっしょりだ。でも気持ちは山に登る前より晴れやかだった。

薬王院《やくおういん》でお参りをして、また少し写真を撮って下山する。

その道中、晴人はある木を見つけて足を止めた。

桜だ……。見上げた先には桜によく似た花があった。寒さで花びらは随分落ちてしまっているが、淡い桃色の花が枝にしがみつくように咲いている。

どうしてこんな季節に桜が咲いているのだろう？

立ち止まって見上げていると、「どうしたの？」と先を行く真琴が振り返った。

「この木、なんだか桜みたいだなって」

「それ桜だよ。たしか、ジュウガツザクラっていう名前だったかな？」

「ジュウガツザクラ……」

「普通この時期になると散っちゃうんだけどね。まだ咲いてたんだ」

散り際のジュウガツザクラを見上げながら美咲と歩いた桜並木を思い出す。彼女と過ごした日々が脳裏を過ると、淡い痛みが胸全体に広がっていく。そして最後に言われたあの言葉が心の中で木霊した。

——わたしのこと、もう忘れて……。

今がそのときかもしれないな。僕には僕のやるべきことがある。本気で写真に打ち込みたい。自分が撮りたい写真を探したい。いつまでも過去を引きずっていないで、これからは前に向かって歩いていきたい。

晴人はポケットからスマートフォンを取り出すと、ずっと消せなかった美咲の番号を削除した。心は痛むけれど、新しい一歩を踏み出せそうな気がした。

そして散り際のジュウガツザクラに背を向けた。

歩いていく彼の背中に、薄紅色の花が追いかけるようにそっと散った。

＊

病室の天井も見慣れてしまった……。

ベッドに仰向けになりながら美咲はぼんやりと思った。昼間にもかかわらずカーテンが引かれているため病室の中は暗い。十一月の終わりの冷たい空気が窓の隙間から忍び込んできて身震いを起こす。布団を肩まで上げようとするが引っ張る手に力が入らない。

苛立ちをため息に変えて美咲は自身の右手を見つめた。

酷い手だな……。

ここ一ヵ月で老化は加速度的に進んだ。特に手は以前にも増して皺が増え、骨と皮だけになってしまった。まるで樹齢何百年という木の表面のようで、見ているだけで吐き気がする。

掌を天井に向けて手の甲をじっと見つめながら美咲は思い出していた。あの夏の日、晴人がこの手を握って言ってくれた言葉を。

――この手は、あなたが毎日頑張ってる証じゃないですか。

――だから僕は、この手が好きですよ。

晴人君……。きみが好きだって言ってくれたあの荒れた手は、もうなくなっちゃったよ。こんなにしわしわで、こんなに醜い手になっちゃったよ……。

心が押し潰されて涙が眦《まなじり》に盛り上がった。

手がこんなんだからきっと顔だって酷いことになっているに違いない。でも怖くて鏡を見ることなんかできない。もし醜い老婆になっていたら……。そう思うと深い闇に引っ張り込まれるような恐怖に襲われる。美咲はその恐怖を追い払おうと寝返りを打って心の中で呪文を唱える。

大丈夫。きっと大丈夫だ。わたしはまだそんなに老けていないはずだ……。

頬にかかった髪の毛に目が留まる。カラーリングの落ちた髪はそのほとんどが白くなってしまった。言い聞かせていた呪文が消えていく。

「髪の毛、染めたいな……」

これ以上、白い髪は見たくない。逃げるようにきゅっと目を瞑った。

美咲が入院したのは一ヵ月ほど前のこと。免疫力の低下に伴い肺炎を患ってしまったのだ。そして神谷の提案でしばらく入院することになった。はじめは大部屋で過ごしていたが、おせっかいなおばさんが仕切りカーテンを開けて「これ食べな」とミカンや梅干を差し出してくる。ジロジロと粘りつく視線と、囁くようなヒソヒソ話が聞こえて、一週間も経たずにストレスで胃炎を起こしてしまった。

兄はそんな妹のために個室を用意してくれた。しかし美咲は思ってしまう。

……またたくさんお金を使わせてしまった。早く退院しなくては。

だがその気持ちとは裏腹に体調が良くなることは決してなかった。

ある朝、目を覚ますと右目の視界にぼんやり霧がかかっていることに気付いた。白内障を起こしてしまったらしい。ファストフォワード症候群の主な症状のひとつだ。そして声も出づらくなり、筋力はみるみる衰え、足は枝のように細くなった。

神谷の指示のもとリハビリも頑張った。人目に触れるのは怖かったけれど、このままでは歩けなくなってしまう。だから必死に筋力トレーニングを続けた。リハビリの先生に「頑張って！　あとちょっと！」と応援されながら、老人たちに混じって歩行訓練をする毎日。情けない、みっともない……そんな気持ちと闘いながら、それでも「自分の足で歩くんだ」と歯を食いしばって痛みに耐えて訓練を続けた。

「――これからは杖を使いましょう」

でもある日、折り畳み式のステッキを渡された。リハビリの甲斐もむなしく、自分の足だけではもう身体を支えることができなくなってしまったのだ。

杖を手にした夜は惨めな気持ちで一晩中泣いた。

わたしは確実に老いている。今日より明日、明後日と日々弱っていくんだ。

それでも美咲は「病気になんて負けない」と必死に自分を奮い立たせた。

病は気からだ。弱気になったら病気に飲み込まれてしまう。大丈夫、わたしはまだそこまで年老いてない。見た目だってきっとまだそこまで酷くないはずだ……。

晴人からもらったシザーケースを握りしめながら、毎晩自分に言い聞かせ続けた。


「有明さん、ご飯の時間ですよ」

明るい声と共に看護師の石橋郁美《いしばしいくみ》が食事を手に入って来た。「残さず全部食べてね」と彼女はテーブルにトレイを置く。どうして病院食はこうも美味しくなさそうなんだろう。食事を前にしても胃がピクリとも動かない。

「あんまりお腹空いてないいんだ」美咲は胸に溜まった息を吐き出すようにぼやいた。

「ダメよ？　ちゃんと食べなきゃ」

「もうちょっと美味しそうならいいんだけどな」

「たしかに。うちの病院、ご飯美味しくないって評判だからね」

「看護師さんがそんなこと言っていいの？」

「先生には内緒ね？」

郁美は口の前に人差し指を添えた。その笑顔を見ていると心が和む。彼女は同じ二十四歳だから看護師の中で一番気が合う。こんな風に冗談を言い合ったりできる間柄になれた。辛気臭《しんきくさ》い入院生活の中で、彼女との会話は心休まるひと時だった。

「少しカーテン開けたら？　夕焼けが綺麗よ」

郁美がカーテンに手を伸ばすと、美咲は「やめて！」と悲鳴のように小さく叫んだ。目を丸くして振り返る郁美。「どうしたの？」

「閉めたままがいいの……」

カーテンを開けると自分の姿がガラスに映る。もし年老いていたら……。そう思うと怖くて身体が小刻みに震えた。

「石橋さん」話を逸らすように郁美を呼んだ。「カラーリングしたいんだけど」

「カラーリング？」

「髪の毛、黒く染めたいの」そう言って白い髪を恥ずかしそうに指先で撫でた。

「そっか。じゃあちょっと確認してみるね？」

老いを実感するものはすべて視界から追い出したい。白髪も皺だらけの手も見たくない。髪の毛を染めることができれば不安や苛立ちも多少は軽減できるはずだ。

ノックの音がして「美咲ちゃん？」と綾乃の声が聞こえた。スーツ姿の綾乃が入って来る。仕事を終えてそのまま来てくれたようだ。郁美は綾乃に会釈をして病室を出て行く。ドアが閉まると綾乃は「熱は下がった？」と美咲に微笑みかけた。

「だいぶ楽になったよ」

「よかった。あ、これ頼まれてたもの」

綾乃は白手袋を差し出した。これで手の皺を見なくて済む。礼を言って両手に手袋をはめると、心を黒く染めていたシミが少しだけ消えたような気がした。

「それからこれも」とテーブルの上にたくさんのサプリメントを置く。美咲がネット注文したものを家から持ってきてくれたのだ。プラセンタ、ポリフェノール、カロテノイド、老化抑制効果があるとされるサプリメントは手あたり次第試した。おかげで美容師時代に貯めた貯金はほとんどなくなってしまったけれど、少しでも老化を抑えられればとすがる思いでサプリメントを飲み続けていた。

「でも、無理してこんなにたくさん飲まなくてもいいんじゃないのかな」綾乃が丸椅子に座りながら薄く笑った。

その言葉に美咲の目が吊り上がる。

「どういう意味？」

綾乃は失言したと気付いたようで「ごめん」と黒々とした髪を揺らして謝った。

「そういう意味じゃないの。でも無神経だったね……」

分かってる。分かってるんだ。綾乃さんは散財していることを心配してくれたんだ。でもその言葉がどうしても嫌味に聞こえてしまう。どうせ飲んでも老化は抑えられないわよって言われているような気がしてしまうんだ。分かっているけど……。でも昨日と同じ綺麗なままの綾乃さんに言われると、どうしようもなく怒りがこみ上げてしまう。抑えられないくらいに。だから、

「どうせ綾乃さんには分からないよ。美人で皺ひとつないんだから」

言ったそばから後悔した。怒りに任せて酷いことを言ってしまった。

横目で見ると綾乃は悲しげな顔をしていた。

身体の自由が利かなくなってからというもの、些細《ささい》なことで苛立つ瞬間が前より格段に増えた。テレビで美人の芸能人を見るたび、廊下で軽々と自分を追い抜いていく若い看護師の背中を見るたび、苛立ちの炎が心の中で大きくなってしまう。

みんな不幸になればいいんだ。わたしのように早く年老いてしまえばいい。そう思って睨みつけてしまう。でもそんなことを思った途端、自分はなんて浅ましい人間なんだ

ろうと自己嫌悪の波に飲み込まれる。

――最低だな……。

晴人君が言う通り、わたしは本当に最低な人間になってしまった。


夜の病院は静かだ。空気の音がジーンと耳に響くような気がして、その静寂に身を置くと心が落ち着く。このまま朝が来なければいいのに。そうすれば老いずに済むのに。手の中のシザーケースを何度も何度も大事そうに撫でながら、美咲は晴人のことを思っていた。思わないようにしても彼の顔が浮かんでしまう。

そしてスマートフォンで晴人が働く事務所のホームページを見てしまう。

今なにをしているのかなぁ？　まだ仕事中かもしれないな。忙しくて食生活は偏っていないだろうか？　髪の毛はボサボサになっていないだろうか？　今はもう他の美容室で切っているのかな……。そう思うとちょっと妬ける。もっとたくさん彼の髪を切ってあげたかった。彼と一緒にしたいことがまだまだたくさんあった。

美咲はシザーケースに入っているハサミを取り出す。以前は重さなんて気にもならなかった。でも今は手の中にあるこのハサミがずっしりと重い。

ハサミを指にはめて静かに目を閉じる。瞼の裏でスタイリングチェアに座る晴人の姿を思い出す。そしてあの頃のようにハサミを動かしてみる。

彼はわたしの初めてのお客さんだった。すごく緊張して上手く切れるか不安だった。でも晴人君は「すごくさっぱりしたし、なんていうか、ちょっとだけ格好良くなった気がします」って言ってくれた。その言葉が嬉しかった。わたしのカットで喜んでくれる人がいる。ほんの少しだけ、今までの努力とかそういうのが報われた気がした。

でも今は……。美咲は手を下ろした。今はハサミが重くて仕方ない。あの頃みたいに上手く動かせない。あんなに一生懸命練習したのに……。

ハサミがベッド灯の光を浴びてキラキラと輝いている。その輝きはかつて自分が追い求めていた夢のように眩しかった。もう美容師には戻れない。自分のお店を持つという夢も、誰かを綺麗にしてあげたいという夢も、二度と叶えることはできないんだ。

病気は身体を不自由にさせるだけではなく、心や人生までも不自由にしてしまう。もう取り戻せないあの頃を思いながら、美咲はシザーケースを強く握りしめた。

その夜は時計の音が気になってなかなか寝付けなかった。

時間が流れていることを意識すると不安で呼吸が乱れる。老いてしまう……。その思いが心をざわつかせる。美咲は置時計の電池を抜くと、トイレに行こうと杖に手を伸ばした。

歩くのが遅くなってからというもの、少しでも尿意を感じたらすぐトイレに行くよう心がけていた。まだ自分で動けるうちは誰かに手伝ってもらうつもりはない。オムツをはいたり、誰かに介助してもらって用を足すなんて考えたくもない。

病室を出て杖をつきながら暗い廊下をゆっくりと歩く。一歩一歩足を出すのが辛くて、すぐに息が上がった。数メートルも歩くと動けなくなって手すりを摑んで立往生してしまう。筋力の衰えによって腰に大きな負担がかかり、酷い腰痛に苦しめられていた。

どうして……。美咲は歯を食いしばった。どうしてこんな身体になってしまったんだろう。動いてよ……。でも足はどうやっても動かない。苛立ちがこみ上げ、無理矢理歩こうとしたら足がもつれて転倒してしまった。冷たい廊下に無様に這いつくばる自分。なんてみっともないんだろう。それでも立ち上がろうと両腕に力を込め――、

「カラーリング、無理だって言わなきゃな～」

すぐ傍の特殊浴場室から声が聞こえてきた。聞き覚えのある声。郁美だ。彼女は誰かと話している。おそらく同僚だろう。

「言い辛いのは分かるけど、無理なものは無理ってはっきり言わなきゃダメよ？」

「有明さん、白髪のことすごく気にしてるんだよね」

「でもさぁ、やっぱり若さっていつまでも保ちたいもんなんだね」

「そりゃそうでしょ。だって彼女まだ二十四よ？　わたしだったら絶対耐えられないよ。この年であんなおばあさんみたいになるなんて」

おばあさん……。電撃が全身を貫いた。言い知れぬ怒りがこみ上げ全身の毛が逆立つ。

みんなわたしのことをおばあさんって思っているんだ……。

美咲は床に這いつくばったまま拳を強く握りしめた。

悔しい……。彼女はわたしと同い年でも生きている時間はまったく違う。彼女はこの先も若いまま何十年と生きていける。好きな服を着て、好きな物を食べて、好きな仕事をして生きていくことができるんだ。それなのにわたしは……わたしは！

「あ、もうこんな時間。そろそろ戻らないと」

郁美たちの足音が聞こえる。

来ないで……お願いだから今は……。心の中で叫んだ。しかし、
特殊浴場室から出てきた郁美が慌てて駆け寄って来た。視線が美咲のズボンへと向けられた。濡れている。トイレに間に合わず漏らしてしまった。

「大丈夫ですか!?」

郁美は気にしないでと優しく肩に手を置き「車椅子持ってくるから待っててね」と駆けて行った。恥ずかしくてたまらず顔を伏せた。みっともない……。美咲は自分自身のことを強く呪った。

ベッドに寝かされズボンと下着を取り換えてもらった。

こんなにも憎らしい相手に無様な姿を晒《さら》している自分。

なんて情けないんだろう……。

汚れた下着を手に「ゆっくり休んでね」と郁美が微笑む。その笑顔はハサミみたいに美咲の心を切り裂いた。

「カーテン開けてくれますか……」天井を見上げたまま呟いた。

「え？　でももう夜だし――」

「いいから」

彼女は怪訝そうな顔をしたが、言った通りカーテンを開けてくれた。一人になるとリモコンを操作してベッドの背を起こす。そして美咲は窓ガラスに映る自分を見た。

そこには変わり果てた姿が映っていた。ミイラのように水分を失くした顔。落ち窪《くぼ》んだ眼窩《がんか》、光を失くした瞳、皺だらけの肌は木の皮のように今にも剝がれ落ちそうだった。ガラスの中の自分は人間というより痩せこけたネズミのような醜い生き物に見えた。

「本当だ……」

美咲は力なく笑った。

これじゃあ、おばあさんって言われても仕方ないや……。

なにしてるんだろうな、わたしは。こんな無様な姿を晒して、情けない思いまでして、一体なんのために生きてるんだろう。

美咲は静かに目を閉じた。

もう疲れた……。

腹の上に置いてあったシザーケースに手を添えると、あの日の晴人の声が聞こえる。

――可愛いです。

いつか晴人君は言ってくれた。すっぴんを見たとき、浴衣姿を見たとき、わたしに「可愛いよ」ってそう言ってくれたんだ。そんな風に言われたことなんて今まで一度もなかったから、すごくすごく嬉しかった。もっと言ってほしかった。何度も何度も言ってほしかった。でも――、
目尻から一筋の涙が零れた。

もうきっと言ってくれないね……。

こんな醜いわたしを見たら、可愛いなんて二度と言ってくれないよね……。

＊

綾乃は自身が勤める化粧品会社のデスクで深いため息を漏らした。そしてテーブルの上の試供品を手に取ると、老婆のように変わり果ててしまった美咲の姿を思い出す。

たとえばもし、自分が美咲ちゃんと同じ病気になったら……。

病気のことを貴司から聞かされたとき悪い冗談かと思った。人の何十倍もの速度で年を取る病、そんなものがこの世にあるなんて想像すらしていなかった。貴司と付き合っ

て六年、あいつはいい加減なところもたくさんあるけど嘘をつくような人じゃない。だから本当のことだとすぐに信じた。でも、それがどんなに苦しいものなのかすぐには想像できなかった。老いていく美咲ちゃんの姿を見るまでは……。

——どうせ綾乃さんには分からないよ。美人で皺ひとつないんだから。

皺だらけの顔で言われたあの言葉は今も心にずっしりと響いている。自分自身三十代を目前に控え、鏡を見るたび十代の頃とは肌のハリが明らかに違うと痛感していた。でも美咲ちゃんからすれば今のわたしですら若く見えるんだ……。

こんな仕事をしていると、自分を若く保とうとする女性たちの声をよく耳にする。女性にとって美しくあろうとすることは本能と言っていい。特に好きな人の前ではいつまでも綺麗でいたいと思うのが女心だ。しかし美咲ちゃんはたった二十四歳でそのことが叶わなくなってしまった。人の何十倍もの速度で時計の針が回る恐怖と日々向き合わなければならなくなってしまった。その苦しみがどれほどのことなのか、同じ女として痛いほど分かる。いや、分かるつもりだった。でも実際はなにも分かってはいなかった。すさまじい速度で年を取るということは、爪を一枚一枚剝がされるよりも苦痛なのだ。好きな人に病気を打ち明けられず、たった一人で老いていく苦しみと向き合っている。恋人に恨まれてでも年老いた姿は見せたくないと思っている。本当はもっと彼と一緒にいたかったはずなのに。ずっと好きでいてほしかったはずなのに……。

美咲は生きる気力を失くしかけていた。ベッドに横たわる姿はまるで倒れて朽《く》ち果てた樹木のようだ。ぼんやりと天井を見つめる虚《うつ》ろな瞳にかける言葉は見つからない。

貴司もかなり疲弊していた。たった一人の妹が変わり果てていく姿を目の当たりにしなければならない苦しみは想像を絶する。店に出ているときは気丈に振舞っているが、一人になると眠れぬ夜を過ごしていた。不慣れな医学書を読み込んで美咲を助ける術がないかを必死に探す毎日。休んだ方が良いと言っても聞く耳を持たない。きっと美咲に残された時間がもうわずかしかないことを肌で感じているのだろう。『早老症患者の会』に話を聞きに行き、様々な医療機関にコンタクトを取り、妹を助けようと駆けずり回っている。でもそのたびに望みがなくて打ちのめされてしまう。そんな恋人の姿を見ることが綾乃は辛かった。

ある土曜日の昼下がり、手作りの昼食を携え有明屋を訪ねると、貴司が床に倒れていた。救急車を呼ぼうとスマートフォンを出すと、「大丈夫だ」と貴司の意識が戻る。そして力なく立ち上がり蛇口をひねって水を飲んだ。痩せて胸板は薄くなり、精悍だった顔は青白くやつれている。彼もまた病人のように見えた。

「無理しない方が良いわよ。今日はお店休みにしたら？」

「心配すんな。ちょっと貧血起こしただけだ」

いかがわしい民間療法に貯金のほとんどをだまし取られてしまい金銭的な余裕もない。だから店を休むわけにはいかなかった。医療保険は貰《もら》っているが、病院の個室の料金を払うには相当金がかかる。仕事と看病の両立はもう限界のように思えた。

「これ使って」綾乃はバッグから通帳と印鑑を取り出す。「三百万くらいあるから。美咲ちゃんの治療費の足しにして」

しかし貴司は「受け取れるわけねぇだろ」と通帳を突き返す。

「でも美咲ちゃん来週退院でしょ？　介護ベッドだって用意してあげなきゃいけないし。それにまた倒れでもしたら、美咲ちゃん自分のせいだと思っちゃうわよ？」

弱々しく椅子に腰かける貴司の肩を揺すった。

「だから、ね？　遠慮せずに使ってよ」

「でもお前、それ結婚式の費用にって貯めた金だろ？」

結婚することはひとつの夢だった。もちろん貴司との結婚を今も夢見ている。でもそんな夢より大切なものがある。だから綾乃は貴司の手に通帳を握らせた。

「わたしも美咲ちゃんの力になりたいの」

そう言って優しく微笑んでみせた。

美咲の退院の日を迎えた。貴司は家で介護ベッドの受け入れと、なにか美味しいものを作っておくことになり、美咲の迎えは綾乃が行くことになった。

運転中のカーステレオから流れてきたジョニ・ミッチェルの『リトル・グリーン』を聴きながら、綾乃は美咲と出逢った頃のことを思い出していた。

初めて会ったとき、美咲はまだ十八歳だった。

『小さくて猫のように可愛らしい女の子』それが第一印象だ。高校生の美咲は人見知りで、仲良くなるまでかなり時間はかかったが、それでも一度心を許すと子猫のように懐いてくれた。一人っ子だった綾乃は「妹がいたらきっとこんな感じなんだろうな」と思った。

進路のことで相談を受けることもあった。美容師になりたいという夢はあるものの、兄にこれ以上学費を払わせるのは申し訳ないと、専門学校に行きたいことを言い出せずにいた。だから貴司にそれとなく美咲の想いを伝えてあげた。鈍感な貴司は「なんだよ、そうならそうと早く言えよ！」と快く進学を応援した。

美容師の国家試験に合格したときのこと。綾乃はお祝いにハサミをプレゼントしてあげた。「高かったでしょ？」と申し訳なさそうに眉を曇らす美咲に、「なに言ってんのよ。わたし高給取りよ？　安いもんよ」と笑ってみせた。社会に出てまだ間もなかったからちょっと高い買い物だったけど、美咲の門出を祝うことができて嬉しかった。

美咲は新しいハサミを見て目に涙を溜めていた。でも貴司の前で泣くのは恥ずかしいから手をごしごしこすり合わせながら必死に堪えていた。そんな姿が可愛らしかった。働き出してからも、ことあるごとに相談に乗ってあげた。店長に毎日のように怒られて「わたしカットの才能ないかも……」とべそをかいたこともあった。

だから綾乃はそんな美咲に自分の髪を切らせてあげることにした。

「でも、まだ人の髪は全然切ったことないし……」

臆病風に吹かれる美咲の背中を叩き「いつかはお客さんの髪切るのよ？」と笑いかける。「だから今ここで練習してごらん」

「うん……。失敗したらごめんね？」

「ダメ。失敗は許さないから」

美咲は怖がって膝を抱えた。

「大丈夫。美咲ちゃんならきっと上手く切れるって」

そして美咲は不慣れな手つきで綾乃の髪を切った。出来上がりはお世辞にも上手とは言えなかったけど、一生懸命切ってくれたその髪型には不思議と愛着が持てた。

「上手じゃん！」と褒めてあげると、美咲は照れ臭そうに「そうかなぁ」と笑っていた。その顔を見て思った。いつか夢を叶えてくれたらいいな……。自分の店を持って、たくさんの人を綺麗にしてあげてほしい。その日まで、できる限りの応援をしてあげよう。

でも結局その夢は叶わなかった。病気によってすべて奪われてしまった。

信号が赤に変わりブレーキを踏むと、綾乃は目頭を押さえて涙を奥へと追いやった。

入院費の精算を済ませて美咲の病室へ向かう。

私服に着替えた美咲は車椅子にぽつんと座って俯いていた。手には恋人からもらったシザーケース。お守りみたいにいつも大事に抱えている。カラーリングが落ちた髪は白く変わり果て、奥歯が抜けたせいで頰はやつれてガイコツのように見える。

「今日は絶好の退院日和よ」明るく振舞い、床頭台の中の荷物を鞄《かばん》に詰める。

「そんなに嬉しいの？」

「え？」

「天気が良いくらいで喜べるなんて呑気でいいね」

突き刺さるような嫌味を笑顔で躱した。近頃こんな一言にも慣れてきた。自分の容姿に心痛めて思わず言ってしまったんだ。綾乃は自分にそう言い聞かせた。悪いのは美咲じゃない。病気だ。すべて病気が悪いんだ。

病室を出て神谷と看護師たちに挨拶をすると、美咲を乗せた車椅子を押してエレベーターホールへ向かう。その間、美咲はずっと髪をいじっていた。白髪を人目に晒すのが恥ずかしいのだろう。

帽子、持ってきてあげればよかったな……。

美咲を車の助手席に乗せて発進する。病院を出てしばらく行くと新宿駅の近くで赤信号に捕まった。美咲は窓の外を歩く人々の視線を気にして更に背中を丸めた。その姿が痛々しい。綾乃は無理矢理笑った。

「貴司がね、美咲ちゃんが好きなものたくさん作って待ってるってさ」

「食べたくない」

「じゃあ一口だけ。ね？　みんなで食べよ？」

美咲の声は病気のせいで変わってしまった。かすれたような声。かつて「綾乃さん」と呼んでくれたあの溌剌とした声はもう聴くことができないんだ。

「綾乃さん……」

しわがれた声で名前を呼ばれると胸が痛む。

「寄りたいところがあるの」

「どこ？　コンビニ？」

美咲はううんと首を横に振った。そして重たげにスマートフォンを持ち上げ、画面をこちらに向けた。

「ここって……」

住宅地の一角でハザードランプを点けて停車する。

「ここでいい？」

美咲はなにも言わずに頷くと、フロントガラスの向こうに目をやった。

丁字路の向こうに三階立てのレンガ造りの小さなビルがある。入口には『澤井恭介写真事務所』という看板。晴人が働いている事務所だ。

美咲は手の中の桜色のシザーケースを握りしめ、ビルの出口をじっと見つめている。彼が来るのを待っているのだ。

祈るようにシザーケースを胸の前で握りしめる美咲。その姿に綾乃の心は震えた。

それからどのくらい待っただろうか。もしかしたらどこか別の場所で撮影をしているかもしれないのに。今日は休みかもしれないのに。それでも美咲は待ち続けた。今も大好きな彼のことを。

その気持ちが痛いほど伝わってくる。だから綾乃はなにも言わずに運転席に座ったまま美咲と同じ方向を見つめた。やがて空には大きな分厚い雲が忍び寄ってきて、太陽の光が遮られて辺りは暗くなる。少しだけ窓を開けると微かに雨の匂いがした。

綾乃は願った。彼が来るまではどうか降らないで。

美咲にかつての恋人の姿を見せてあげたい。雨が降ったらガラスが滲んで見えなくなってしまう。だからどうか降らないで……。

美咲が身を乗り出す。その視線の先には青年の姿がある。晴人だ。彼はデニムブルゾンを着て大きなカメラバッグを背負って歩いている。美咲はその姿を食い入るように見つめた。本当は今すぐ車を降りて彼の元に駆けよりたいはずだ。話をしたいはずだ。でも、できないんだ。自分の姿が変わってしまったから。どれだけ会いたいと思っても、老婆のように変わり果ててしまった姿を晒す勇気なんてないんだ……。

美咲はシザーケースを抱きしめる。

「……ありがとう。もういいよ」

車を出すべきか悩んだ。でも顔を伏せた美咲を見て、綾乃はなにも言わずにアクセルを踏んだ。もう少しだけ彼を近くで見せてあげたい。だから行き先とは逆だけど丁字路を右に曲がって晴人の近くを通った。美咲はドアガラスに手を付いて晴人の横顔を見つめる。やがて彼の姿が見えなくなると美咲は静かに顔を伏せた。

国道に出て赤信号で止まる。横目で見ると彼女は手をごしごしさせている。あの日、ハサミをプレゼントしてあげたときのように。

泣きたいんだ……。すぐに分かった。でも泣かないように必死に堪えているんだ。

信号が青に変わると、国道から左に折れて狭い道に入った。そしてひと気のない道路の脇に車を停める。

「ここ、ほとんど人が通らないから」

だから泣いていいよ……。心の中で呟いた。

綾乃の言葉を聞いた途端、美咲の肩が小刻みに震え出す。

「うぅ……うぅ……」

落ち窪んだ目から涙が零れ、手に持った桜色のシザーケースを濡らす。やがてその涙は慟哭へと変わっていく。美咲はシザーケースを抱きしめながら泣いた。しわがれた声を張り上げて狂おしそうに号泣した。もう戻れないあの頃を愛おしむように、忘れられない恋人を思いながら大粒の涙をぽろぽろと零して泣いている。

降り出した雨がフロントガラスを濡らして美咲の泣き顔を隠してくれた。

美咲は皺だらけの顔を歪めながらいつまでも泣き続けた。


その夜、ささやかだけど退院祝いをした。貴司は美咲の好物をたくさん作ってテーブルの上に並べた。今日だけは店も休みにした。

美咲は貴司のバカ話に耳を傾けながら、兄が作ってくれたチャーハンをほんの少しだけ頬張った。歯が抜け落ちて満足に食事はできないけれど「美味しい」と笑っていた。

その言葉に貴司は「そうか」と顔をくしゃくしゃにして微笑み返した。

食事を終えると、貴司と一緒に美咲を部屋まで運んだ。妹が久しぶりに部屋にいる。

貴司はこの上なく嬉しそうだった。

「このベッドどうしたの？」

美咲が白い手袋をはめた手で介護ベッドを撫でる。

「どうしたのって、そりゃ買ったんだよ」

「……高かった？」

「くだらねぇこと言ってんじゃねーよ。心配すんな。安く譲ってもらったんだ」

美咲は安堵したように吐息を漏らした。

それから貴司はしばらくベッドの横に座って美咲に話しかけていた。久しぶりの兄妹水入らずの光景に綾乃は目を細めた。

「じゃあわたし、そろそろ帰るね」

洗い物を終えて顔を覗かせると、美咲が「綾乃さん」と呼び止めてきた。

「話があるの」

その神妙な面持ちになにかあると思い、貴司に目配せして席を外してもらった。そして美咲の隣に腰を下ろして「話って？」と訊ねた。

「あのね」

美咲は言いづらそうに視線を逸らす。

「綾乃さん……」

「ん？」

「……もう来ないでほしいの」

その言葉に絶句した。「どうして？」

「わたしね、病気になってからずっと綾乃さんのこと羨ましいって思ってた。若くて綺麗なままでいられる綾乃さんのことが羨ましくてたまらなかったの……」

「美咲ちゃん……」

「きっとこれからも思っちゃう。綾乃さんが傍にいたら今よりもっと妬《ねた》んじゃう。それでいつか……綾乃さんのこと本当に嫌いになっちゃうと思う……だから……」

美咲の目が赤く染まる。心を鷲掴《わしづか》みされたような痛みが奔る。涙が零れそうだった。

でも綾乃は笑顔を作った。

「嫌いになったっていいわよ。だからこれからも――」

美咲は首を横に振った。

「嫌いになんてなりたくないよ……」

そう言って美咲は肩を震わせた。

「だってわたし……綾乃さんのこと本当のお姉ちゃんだと思ってるから……嫌いになんてなりたくないよ……」

「そんなの気にしないわよ。どんどん嫌いになって。わたし平気よ？　だから美咲ちゃん……お願い……もう来ないでなんて言わないで……」

「綾乃さん、今までありがとう」

「嫌よ、そんなの……」

「お兄ちゃんのことこれからもよろしくね。たくさん幸せになってね。わたしがいなくなっても、ずっとお兄ちゃんの家族でいてあげてね」

「やめてよ。そんなこと言わないでよ」

「わたしね——」

美咲は微笑んだ。

「綾乃さんと出逢えてよかった……」

その笑顔に熱いものがこみ上げた。

美咲ちゃんの気持ちは分かる。同じ女として、自分より若い姿でいられるわたしを妬みたくなる気持ちは痛いほど分かるんだ。だからこそ余計に辛い。わたしが傍にいたら美咲ちゃんを傷つけてしまう。でも、こんな風に突然お別れするなんて……そんなの耐えられない……。

綾乃は美咲を抱きしめた。

「ひとつ約束して？」

「約束？」

「またいつか会おうね」

美咲の震えが腕や身体から伝わってくる。

「必ず会おうね……」

「うん……」

「絶対よ？」

「うん」

綾乃は強く強く美咲を抱きしめた。

「約束」

「うん、約束」美咲はへへっと笑った。

身体を離して美咲の顔を見つめた。皺に覆われたその顔にかつての美咲の姿が重なる。初めて出逢ったときの少女だった姿が、どうしても重なってしまう……。

綾乃は唇を緩めて笑った。

「またね、美咲ちゃん」

美咲は微笑んで頷くと「またね」と言ってくれた。

廊下に出た途端、堪えきれず涙が溢れた。泣き声を聞かれないよう、口を押さえてうずくまって声を殺して泣いた。

美咲との思い出が脳裏に揺れる。野球を応援していたときの姿が。プロポーズを受けたとき「おめでとう」と言ってくれた笑顔が。思い出すのは若い頃の美咲ばかりだ。

涙を拭いて立ち上がる。そして唇を結んで決意を固めた。

またいつか会うんだ。いつか必ず……。

そう思いながら綾乃はゆっくりと歩き出した。

＊

十二月に入ると気温がぐっと下がった。

手の中のシザーケースを見つめながら、あの日見た晴人の姿を思い出す。久しぶりに彼を見ることができて本当に嬉しかった。でも同時に、もう晴人君の左隣には戻れないんだと感じてしまった。もうこれ以上、彼を想ってもあの日々は帰ってこない。

時間は過去には戻らないんだ……。

そして美咲はベッド脇のゴミ箱にシザーケースをそっと入れた。

介護ベッドを倒して苦しそうに寝返りを打って背を向けた。最近床ずれが酷くて眠れない。痛みが奔るたび気が滅入りそうになった。

でもわたしは生きている。身体中が痛くて、腕や足が細くなって、老婆のような姿になっても、こんな無様な姿を晒しながら生き続けている。お兄ちゃんに迷惑をかけて、綾乃さんを傷つけて、それでもまだ生きているんだ。

どうして生きているんだろう……。暗澹《あんたん》たる思いが心に黒いシミを作る。

でもきっともうすぐ終わる。迷惑をかける日々も、誰かを傷つける日々も、この恐ろしく早く流れる時間も、そう遠くないうちに終わるはずだ。

小さく開かれたカーテンの隙間から青空を見上げていると、貴司が昼食を持ってきてくれた。卵とじうどんだ。

お兄ちゃんの卵とじうどんは格別に美味しい。歯がちゃんとあればもっと味わえたのにな。

レンゲにうどんを載せ、貴司はふぅふぅと息を吹きかけゆっくり口に運んでくれた。

「これじゃ本当に介護老人だね」

「なに言ってんだよ、バカ」

貴司は苦笑いを浮かべる美咲の頭をごしごしと撫でた。
二、三口食べて「ごちそうさま」と呟くと、兄は「もういいのか?」と心配そうな顔をした。
「うん。食欲なくて」

「そうか……。でも腹減ったら言えよ? 美味いもんいっぱい作ってやるからな」

「ありがと」

器を手に立ち上がる……と、ゴミ箱を見て貴司が立ち止まった。

「お前、これ……」

　そう言ってシザーケースを拾い上げる。

「捨てておいて」

「でも――」

「いいの」

　美咲は笑った。

「もう必要ないから」

　貴司はしばらく黙っていたが「分かったよ」と呟いた。そして器とシザーケースを手に部屋を出て行った。

　シザーケースがなくなった途端、身体がぐんと軽くなった気がした。晴人君がくれたあのプレゼントがわたしをこの世界に結び付けてくれていた。もうこれ以上なにも望むことなんてない。あとは静かにこの身体が使命を終えるのを待てばいい。


　夜になって店の喧騒に耳を傾けるのが美咲の唯一の楽しみだった。

　今日も常連客のみんなの他愛ない話声が聞こえる。

「美咲ちゃんは元気してんのかよ？」大熊さんの声だ。

「ああ、彼氏と同棲して楽しくやってるよ」

　お兄ちゃんは嘘が下手だからバレちゃわないか心配だ。

「同棲ねぇ～。俺は同棲なんて許せねぇけどなぁ～」「貴司ちゃんよく許したな」「よし！ 今からカメラ小僧の彼氏を呼び出して説教してやろうぜ！」

なんだか懐かしくて、ふふっと笑みが零れた。

わたしたち兄妹にとってこのお店は宝物だ。たくさんの思い出が詰まっている。お父さんとお母さんと過ごした思い出。お兄ちゃんがお店を継いで必死にわたしを育ててくれた思い出。二十歳になってお酒が飲めるようになると、常連客のみんなが「じゃあ俺が奢《おご》ってやる！」とビールや日本酒をたくさん注いでくれた思い出。そして、みんなが誕生日にヘタクソな歌を唄ってくれた思い出も。

楽しかったなぁ……。美咲は天井を見つめながら思った。

ふと顔を傾けて部屋を見渡す。あの夏の記憶が呼び起こされる。

あの日、晴人君は風邪を引いたと聞いて飛んで来てくれた。いっぱい汗をかいて手にたくさんの風邪薬を持って。心配してくれたことがすごく嬉しかった。それからすっぴんが見たいって言い出して、見せたら「可愛い」って褒めてくれた。でも恥ずかしいから写真は嫌だって断ってしまった。今となっては一枚くらい撮ってもらえばよかったな。そうすれば若い頃のわたしを少しでも長く覚えていてくれたかもしれないのに。まぁでも、別れたらそんな写真すぐに捨てちゃうか……。

「――美咲さん」

窓の外で声が聞こえた。低くて澄んだ晴人の声だ。美咲は驚いて力の入らない手で身体を起こした。そしてベッドの横の窓を開いて外を覗いた。しかしそこに晴人の姿はない。気のせいだ。冷たい風に吹かれながら美咲は自嘲気味に笑った。

あの日の帰り、彼はわたしを見上げて言ってくれた。

――元気になったら一緒に花火大会に行きましょう。

優しく笑って、そう言ってくれたんだ。

「元気になれたら――」

美咲は口を閉ざした。

考えるのはやめよう……。今更なにを願ってももう遅いんだから。

あくる日は特別に寒かった。テレビの天気予報は本格的な冬の到来を告げ、窓の向こうに見える空は重苦しい灰色の雲を纏っていた。

寒いと身体の節々が痛くなる。床ずれの痛みもあって苛立ちが針のように全身を突く。嫌になっちゃうな。こんな身体になって……。

美咲はオレンジ色に光る電気ストーブを見つめて思った。

「美咲」貴司が襖を開けた。「身体痛くないか？」

「ちょっと」

「どこだ？」

「足が痛いな」

兄は身体を優しくさすってくれた。細くなった足を大きな手でたくさん温めてくれた。

「今日は雪が降るかもしれないってよ」

「冬は嫌いだよ」

美咲はため息を漏らす。

「早く春が来ないかな」

「そういや昔、親父とおふくろと花見に行ったな」

「お父さん、たくさんお酒飲んでお母さんに怒られてたね」

「そうだったな」と貴司はケラケラと笑った。

足をさする手を止めると「寒いだろ？　これ被っとけ」と貴司が尻のポケットからニット帽を取り出した。桜色のニット帽だ。

「どうしたの？　それ」

「買い出しの途中で見つけたんだ」

多分嘘だ。こんなに可愛いニット帽をお兄ちゃんが買うわけない。きっと綾乃さんだ。退院するとき白髪を隠したがっていたことに気付いていてくれていたんだ。やっぱり綾乃さんは勘が鋭いな。

綾乃を傷つけてしまった罪悪感が蘇る。去り際の彼女の悲しそうな顔を思い出すと心の傷口が開いて痛い。

たくさん嫌なこと言って傷つけちゃったな……。

「被ってみろよ」

そう言って貴司がニット帽を被らせてくれた。ベッドの脇の窓ガラスに目をやると、皺だらけの顔の上に可愛らしい桜色のニット帽が収まっているのが見える。

「変じゃない？」

「似合ってるよ」

「そうかなぁ」

「ああ。よく似合ってるよ……。まるで――」

貴司は目を真っ赤にして微笑んだ。

「まるで桜みたいだな」

桜みたいか……。美咲は指先でニット帽に触れた。

晴人君はいつか言っていた。桜はあんまり好きじゃないって。綺麗だけどすぐに散ってしまうから、見てるとなんだか悲しくなるって。あのときは笑っちゃったけど、でも今はわたしもそう思う。

桜なんて……。

美咲の瞳が涙で滲む。

「桜なんて大嫌い……」

その目から大粒の涙がぽろぽろと零れ落ちた。ニット帽が震えている。風に揺れる桜のように。

「……だって桜はすぐ散っちゃうんだもん……」

綺麗なときなんてほんの一瞬しかないんだから。散ってしまえば無様な姿になってしまうから。そして散った桜はもう誰にも見てもらえないんだから。

だからわたしは桜が嫌いだ。

わたしみたいで……大嫌いだ……。

涙する美咲の頭を貴司が優しく撫でた。

「それは違うよ。桜はきっと散りたくないんだ」

美咲が顔を上げる。

「もっともっと長い間、ずっと咲いていたいんだ」

そして兄は目を細めて微笑みかけた。

「だから桜は、あんなに綺麗なんだよ……」

その潤んだ瞳を見て、美咲は皺に埋もれそうな唇をそっと緩めて微笑んだ。

そうなんだ。桜も散りたくないんだ……。

ずっと綺麗なままでいたいんだ……。
わたしも桜のように咲いていたい。ずっとずっとあの頃のままでいたい。
晴人君と一緒にいた、あの頃のままでいたかった。
今更願っても遅いけど、でもやっぱりそう思ってしまう。
どうしようもないくらいに……。

灰色の空から白く輝く雪が舞い落ちる。今年最初の雪だ。窓に当たって儚く消える頼りないその結晶は、まるで美咲の命そのもののようだ。それでも雪は降り続ける。静かに、なにも語らずに、東京のくすんだ街並みをただひたすらに白く染めていった。

第四章　冬

クリスマスが近くなると街は浮足立った空気に包まれる。

テレビはイルミネーションの点灯式の模様を伝え、至る所でクリスマスソングが賑やかに流れ出す。行き交う人々はこれからはじまる楽しいイベントが待ちきれないといった様子で貴司の横を笑顔で通り過ぎていった。

買い出しで立ち寄ったスーパーでは、マライア・キャリーの『恋人たちのクリスマス』が流れている。

こんなところまでクリスマスか……。思わず笑ってしまった。

食材やトイレットペーパーなど必要なものをカゴに入れてレジに向かうと、スイーツ売り場に雪だるまを模したケーキが置いてあった。美咲に買っていってやろう。カゴの中に崩れないようにそっと入れた。

今年の冬は例年よりも寒い。ダウンジャケットのファスナーを一番上まで上げても冷気は悪意を持って容赦なく体温を奪っていく。美咲は寒い思いをしていないだろうか。毛布を余計に一枚ベッドの脇に置いてきたけど、ちゃんとかけているだろうか。貴司は家までの道を急いだ。

ここ最近、美咲はかなり衰弱している。免疫力が落ちたせいか、ちょっとした天候の変化でも熱を出してうなされることが多くなった。日々弱っていくその姿に不安を覚え、体調のことを神谷に相談した。

「申し上げ辛いのですが、美咲さんはおそらく次の春を迎えることはできないかと……」

いつかこんな日が来ることは覚悟していた。しかしいざ告げられると天地が逆転するような絶望感に襲われる。美咲が死んでしまう……。言いようのない不安と焦りが冷たい風のように忍び寄って心を凍《い》てつかせた。

美咲自身も肉体の衰えを痛感していた。床ずれによって身体は痛み、もう一人では動くことすらも困難になりつつあった。しかし以前のような焦りや苛立ちを見せることはなく、近頃はどこか諦めたような眼差しを浮かべている。きっとこれ以上の回復を願っても無駄だと悟ったのだろう。その横顔は死を待ち望んでいるようにすら思えた。

「早く楽になりたい」そんな気持ちが伝わってくるようで、見ていると胸が痛くなる。

それでも貴司は明るく振舞った。弱気になってはダメだ。俺が少しでも元気付けてやるんだと自分に言い聞かせながら、美咲の前では決して笑顔を絶やさなかった。

有明屋に着くと休む間もなく美咲の部屋へ向かった。

「入るぞ？」と声をかけると、聞き取り辛いしゃがれた声で「うん」と返事がある。

美咲は介護ベッドを起こしたままぼんやりと虚空を見つめていた。骨と皮だけになった身体は小さく、その姿は老婆そのものだ。美咲を知らない人が見たら誰一人として二十四歳の女の子とは思わないだろう。ミイラのような姿に貴司は思わず顔を歪めそうになった。それでも必死に笑顔を作る。

「今日は寒いなぁ！　この冬の最低気温更新だってよ。明日はもっと寒くなるみたいだし、嫌になっちまうよなホント。寒くないか？　もう一枚毛布かけてやろうか？」

美咲は静かに首を横に振る。しゃべるのも億劫《おっくう》のようだ。

「そうだ！　さっきスーパーでいいもん見つけたんだよ！」

美咲が光の籠っていない瞳をこちらに向けた。右目は白内障が進み、黒目は白く濁ってしまっている。動揺を気どられぬよう、雪だるまのケーキを袋から出した。

「可愛いだろ？　あとで一緒に食べようぜ？」

「うん……」美咲はほんの少しだけ頰を緩ませた。

美咲の笑顔が見られるのは嬉しい。たとえどんな姿になっても、老婆のようになってしまっても、こうやって笑ってくれるとたまらなく嬉しくなる。もっと笑ってほしい。もっと笑わせてやりたい。

「クリスマスプレゼント、欲しいものあるか？」

「プレゼント？」

「ああ、なんでもいいぞ?」

美咲はしばらく考えたが「……なんにもないよ」と消え入りそうな声で呟いた。

「そんなこと言うなって。ひとつくらいあるだろ? 物でもいいし、行きたいところでもいいからよ。なにかあったら遠慮なく言えよ? サンタの野郎に言っておくからさ」

「なにそれ」美咲は目で笑った。「もう子供じゃないんだよ?」

「いいじゃねぇかよ、年に一度のクリスマスなんだ。たまにはサンタに願いごとしたってバチは当たらねぇよ」

「そうだね」と目を閉じた。なにかを想っている横顔。「でも大丈夫。欲しいもの、本当になにもないから」

「そうか?」

「うん。ありがと……」

電気ストーブが放つ柔らかなオレンジ色が美咲を照らす。その温かな光に溶けてしまいそうな弱々しい横顔。被った桜色のニット帽から雪の白さを吸い込んだような白い髪の毛が伸びている。

「クリスマスまでまだ時間あるから、もし見つかったら遠慮なく言えよな?」

なにも語らぬその姿を見て、今なにを思っているのかが痛いほど伝わってきた。

分かっているんだ。一番欲しいものはもう手に入らないことを。どれだけ願っても二度と戻ってくることはないことを。

美咲は今も晴人君に会いたいと思っている。

でもこんな姿になってしまって、もう会えないと諦めているんだ。

廊下に出ると神谷の言葉が頭をかすめた。

――美咲さんはおそらく次の春を迎えることはできないかと……。

やるせなくて唇を強く噛んだ。

俺があいつにしてやれることはもうなにもないのだろうか……。

＊

子供の頃、クリスマスは一年に一度、どんな願いごとでも叶う日だと思っていた。

朝、目が覚めたとき、枕元にプレゼントが置かれていると「サンタさんが願いごとを叶えてくれたんだ！」とベッドの上で飛び跳ねたことを今もよく覚えている。

でも年を重ねるごとにそういった無邪気さは春先の雪のように溶けて消え、クリスマスは恋人同士で過ごす安っぽいイベントに姿を変えてしまった。もうあの頃のように聖夜になにかを願うことはない。多分これからもきっと。そんなことを考えていたら、ふと彼女のことを思い出した。ずっと思い出さないようにしていた美咲のことを。

美咲は今日、クリスマスのこの空に、どんな願いを込めているのだろう……。

仕事が一段落した午後、澤井から急ぎの郵送物を頼まれたので郵便局へ出かけた。今日がクリスマスだからというわけではないだろうけど、郵便局は多くの客で混雑していた。整理券を手にしばらく長椅子に座って順番を待つ。やがて番号を呼ばれたのでカウンターで局員に小包を預けて外に出た。風は凍えるほど冷たく、羽毛布団のような分厚い雲が空に広がっている。雪が降りそうな天気だ。

晴人は肩をすくめてキャメルカラーのダッフルコートに両手を突っ込むと、商店の立ち並ぶなだらかな坂道を上って事務所までの道を歩いた。吐く息は白く呼吸をするたび鼻の奥がジンジンと痛い。冬は嫌だな……。灰色の空を見上げながらため息を漏らした。

事務所に戻ると、「客が来てるぞ」と言われた。

今まで客が来たことなんて一度もない。誰だろう？　首をかしげながら事務所の隅の打ち合わせスペースに足を向ける……と、驚きのあまり肩が震えた。

「お兄さん……」

そこには、居心地悪そうに椅子に座る貴司の姿があった。

貴司は明らかに痩せていた。以前の精悍さや逞しさは姿を消し、捨て猫のように弱々しく背中を丸めている。不自然な痩せ方はまるで亡霊でも見ているかのようだ。

見違えたその姿に絶句していると、「悪いな突然」と貴司は申し訳なさそうに会釈して笑った。浮かべた笑顔は病的で只《ただ》ならぬ雰囲気を纏っている。思わず固唾《かたず》を飲んだ。

「それにしても、カメラマンの事務所ってのは洒落《しゃれ》ててどうにも居心地が悪いな」

「どうしてここが？」

戸惑う晴人に、貴司はくしゃくしゃの名刺を見せる。いつか美咲の家で鉢合わせたときに渡した名刺だ。捨てずに持っていたらしい。

「今日は、どういう……」

「話があってな」

「話？」

貴司はなにかを口にしようとした。しかし周りを気にして言葉を飲む。

「場所を変えないか？」

その目には青い炎のような光が宿っていた。


事務所近くの代々木大山公園。幼い子供たちが砂場やブランコで遊んでいる。その傍らのベンチに腰を下ろした二人の姿がある。

美咲の病気を打ち明けられた晴人は動けなくなってしまった。ダッフルコートに冷たい北風が流れ込んで全身を凍てつかせる。それでも寒さはちっとも感じなかった。

美咲が病気？　ファストフォワード症候群？　人の何十倍もの速度で年を取る病？　頭の中で砂嵐が渦巻いているようで考えがまとまらない。

「あいつはもう晴人君が知っている以前の美咲じゃない。老婆のような姿に変わっちまったんだ……」

貴司はやりきれないといった様子で悔しそうに奥歯を噛んだ。

美咲が……あの美咲が……そんな姿に……。

信じられなかった。信じたくなかった。

「どうにかしてやりたいけど、この病気は治療法がなくてさ……」

唇を震わせながらやり場のない怒りを吐き出す貴司。その横顔を見て、これは事実なんだと痛感する。嘘や作り話なんかじゃなく美咲は本当に病気になってしまったんだ。そして年老いてもうすぐ死んでしまおうとしている。そう思うと、どうしていいか分からず身体がぶるぶると震えた。呼吸の仕方を忘れてしまったように息苦しくなり、心臓が軋むような痛みに襲われた。

「いつからですか」晴人は震える声で訊ねた。「いつから病気に？」

「症状が出はじめたのは春頃だったな」

「美咲が知ったのは……？」

「夏だ」

晴人は両手で顔を覆った。

「あいつさ、病気のこと知られたくなかったんだ。自分が老いて醜い姿に変わっていくところを、君には……晴人君にだけは見られたくなかったんだ……」

美咲の姿が頭に過る。

あの夏、湘南の海で悲しげな表情を浮かべていた美咲の顔が。

だから君はあのとき……。

「でも美咲は――」

その声に顔を上げた。

「美咲は、今も君に会いたいんだ……」

晴人の目が赤く染まっていく。

「年老いた老婆のような姿になっても、今も晴人君に会いたいと願っているんだ」

美咲は嘘をついていた。辛くて苦しい嘘を。

それなのに僕は――。

「俺にできることはもうなにもない。老化を抑えることも、満足な治療を受けさせてやることも、なにもできなかった」

貴司は頭を下げた。

「頼む晴人君、美咲を救ってやってくれ。もう君しかいないんだ……」

ぼんやりと夜の街を歩いた。通りから通りへ彷徨《さまよ》うように当てどなく。目に映るイルミネーションはちっとも綺麗だなんて思えなかった。クリスマスの今夜、街は多くのカップルで賑わっている。みんな幸せそうに手を繋ぎ、肩を寄せ合いながら歩いている。そんな幸福の波の中を漂うように流れる。街の喧騒も、どこからか聞こえてくるクリスマスソングも、全部遠い世界の出来事のように思えた。

僕は美咲の苦しみに気付いてあげられなかった……。

海に出かけたとき、君は本当のことを打ち明けたかったのかもしれない。それなのに僕はその気持ちを知らずにプロポーズなんてしてしまった。あのときなにを思っていたんだろう。どんな思いで僕の言葉を聞いていたんだろう。美咲の心の痛みを思うと涙がこみ上げた。突然部屋に来たとき、君は別れを告げに来たんだ。新しい彼氏ができたと言ったとき、病気のことを隠すためにわざとあんなことを言ったんだ。

あの夏、君はたった一人で老いていく恐怖と闘っていたんだ。

それなのに僕は……それなのに……。

——最低だな……。

僕の言葉を聞いてきっとすごく悲しかったはずだ。それなのに本当のことを言えなくて苦しんでいる君にあんな酷いことを言ってしまった。

「最低なのは僕の方だ……」

イルミネーションが輝く街の真ん中で、人の波の真ん中で、堪えきれずにうずくまった。傷つけた美咲のことを想いながら、晴人は凪《なぎ》の海に浮かぶ小舟のようにその場にとどまり続けた。

電話が鳴った。力なくポケットからスマートフォンを取り出す。

『もしもし、朝倉君？』通話ボタンを押すと真琴の声が聞こえた。

『今日、様子おかしかったけど大丈夫？』

なにも答えられなかった。なんて言っていいか分からなかった。

『もしもし？　体調悪いの？』

「僕は……」

『今どこにいるの？』

晴人はぎゅっと目を瞑った。

街を流れるクリスマスソングに貴司の声が木霊した。

──美咲は、今も君に会いたいんだ……。

『朝倉君？』

「……行かなきゃ……」

『え？』

「待ってるんです」

晴人は立ち上がった。

「美咲が僕を待ってるんです……」


晴人は走った。行き交う人々を追い越して、イルミネーションが彩る街を駆けていく。呼吸が苦しくて息が上がる。それでも決して立ち止まることはなかった。必死に、もがくように走り続けた。そして走りながら美咲のことを想った。美咲と過ごした日々のことを。彼女を傷つけてしまった自分の情けなさを。たった一人で老いていく恐怖と闘っている恋人のことを。どうしても想わずにはいられなかった。

久しぶりにやって来た有明屋。ガラス戸には『臨時休業』の貼り紙が風に揺れている。美咲の体調が思わしくなくてずっと店を休んでいるらしい。

脇の階段を駆け上がりインターホンを押すと、しばらくして貴司が顔を覗かせた。

「晴人君……」

「美咲に会わせてください」

息を切らして頭を下げる晴人に、貴司は「ちょっと待っててくれ」と奥へ向かった。

晴人は震える指をこするようにして温める。今日は特別に寒い。汗が引いて氷水を被ったように身体が冷たくなっていく。

しばらくして貴司が戻って来た。しかし無念そうに首を振る。

「顔を見せたくないそうだ」

「じゃあ、せめて話すだけでも！」

躊躇う貴司の腕を摑んだ。

「お願いします。部屋の前で構いません。絶対中に入ったりしません。だから――」

貴司はしばしの逡巡《しゅんじゅん》の後「……分かった」と中に入れてくれた。

家の中は夏となにも変わっていなかった。でもどこか寂しげで暗い空気が漂っている。

晴人はあの夏の日を思い出す。マスクをつけて少し緊張した様子で部屋に招き入れてくれた美咲のことを。元気になったら花火大会に行こうと言ったときの嬉しそうな笑顔を。

でも、あの笑顔はもう――。

部屋の前で足を止める。勝手口のドアが閉まる音がした。貴司が席を外してくれたようだ。晴人は深呼吸をひとつして、部屋の向こうにいる彼女にゆっくりと話しかけた。

「美咲……」

返事はない。それでも襖の向こうに気配を感じる。

「お兄さんから聞いたよ。病気のこと」

部屋の向こうにいる彼女を想像した。一人で座っている美咲の姿を。たった一人で病気と闘っている恋人のことを。

「……気付いてあげられなくてごめんね……」

その苦しみを思うと言葉が詰まって声が震えた。

「すごく苦しかったはずなのに……怖かったはずなのに……それなのに僕は、君の気持ちに気付いてあげられなかった……」

今でも信じられない。君が人の何十倍も早く年老いているなんて。だって僕の中の美咲はまだあの頃のままだから。僕と同じ二十四歳のままなんだ。だからそんなの……ちっとも信じられないよ……。

「でも僕は、美咲がどんな姿になっても――」

晴人の目から涙が溢れた。

指先で襖に触れた。美咲に触れるように。

「好きだよ……」

「……君が大好きだよ……」

伝えたいことがたくさんあったのに、いざとなったらなにも浮かばなくなってしまった。励ますことも、勇気付けてあげることもできない無力な自分が許せない。そして、美咲を信じてあげられなかった弱い自分が許せなかった。

晴人はダッフルコートの袖で涙を拭うと「ごめん、また来るよ」と襖に向かって囁いた。そして踵《きびす》を返して勝手口へ向かう。靴を履いて表に出ると、外では貴司が手すりにもたれて夜の闇をぼんやりと見つめていた。小さく頭を下げると、「ありがとな」と貴司は笑ってくれた。晴人は首を横に振り「また来ます」と階段を下りていく。

帰り道、見上げた空から雪がちらちらと舞い落ちてきた。あの日、美咲と一緒に見た桜の花びらのように。その雪の中を歩きながら思った。

お兄さんは美咲を救ってくれと言った。でも僕にできることなんてあるのだろうか？

彼女を救える力が欲しいと強く願った。

吐息は白い風となって夜の闇に混じって消える。晴人は手を伸ばして降り落ちる粉雪に触れようとした。しかし雪は掌の上で儚く溶けてしまった。そしてその後には、なにもない夜の闇だけがどこまでも長く続いていた。

＊

電気を消せば窓ガラスに姿が映ることはない。

静けさと暗闇に包まれた部屋の中、美咲は窓の外の雪を見つめていた。耳をすませば、雪の音が聞こえそうな気がする。

ノックの音と共に貴司が襖を開ける。廊下の灯りが暗闇にすうっと伸びると、窓ガラスに醜く変わり果てた自分が映って思わず顔を背けた。

襖を閉めた貴司は「悪かったな」と小さく詫びた。

「晴人君に病気のこと話しちまった。言わないでくれって言われてたのに、約束破っちまったよ」

雪はさっきよりも勢いを増して聖夜を白く彩る。美咲は窓の外に目を向けた。

「あのときね、晴人君の声がしたとき、すごく怖かったの。病気のことを知られたと思ったら怖くて怖くてたまらなかった」

美咲は指先で窓ガラスをそっと撫でた。

「でも、嬉しかった……」

そしてほんの少しだけ笑みを浮かべた。

「晴人君の声が聞けて、また好きって言ってもらえて、嬉しいって……そう思っちゃった……」

しんしんと降る雪の中に晴人の声が聞こえる。

――君が大好きだよ……。

その言葉を思い出すと、目頭がまた熱くなってしまう。どうしようもないほどに。彼が来てくれたとき、もしかしたら夢なんじゃないかと思った。ずっとずっと願っていた。晴人君に会いたいって。でもきっともう会えないと思っていた。車の中から見かけたあの姿が最後になると思っていた。でも会えた。もう一度声を聞けた。また名前を呼んでもらえた。なにもかも諦めていた心に、ほんの少しだけ光が射したような気がした。

「頼んだんだよ」

「……え？」

「サンタの野郎に頼んだんだ。プレゼントさっさと持ってきやがれって。そしたらサンタの奴、慌ててあいつのこと連れてきたんだよ」

そう言って貴司は雪のように白い歯を見せて笑った。

美咲は微笑みを浮かべる。久しぶりの心からの笑顔だ。

そして窓の外の雪を見つめて呟いた。

「よかった、今日がクリスマスで……」

久しぶりに温かい気持ちになったクリスマスの夜。

今夜だけは良い夢が見られそうな気がした。


あの日から晴人は毎日のように訪ねてきてくれた。襖の前に座り、毎日一時間ほど色々な話をしてくれる。この日はアパートのエアコンが壊れて毎日震えていることを話してくれた。しかし美咲はどうしても襖を開けることはできなかった。介護ベッドの上で目を閉じたまま彼の言葉に耳を傾ける。そして薄い襖の向こうにいる晴人の姿を想像した。彼が笑うとその笑顔を思い描き、先輩の愚痴を漏らせば唇を尖らせている愛らしい顔を思い浮かべる。そのたびに心は夏の太陽のように熱くなり、言い知れぬ幸福感が胸を包んだ。身体が痛い日も、体調がすぐれない日も、熱が出て辛くて起き上がれない日も、晴人の声はたしかに美咲の心を優しく癒した。

彼は大晦日《おおみそか》の夜も来てくれた。

「今年も今日で終わりだね」襖の向こうで晴人が言った。

そうだね……。美咲は心の中で答えた。

「覚えてる？　美咲が僕の耳たぶを切っちゃった日のこと」

うん、もちろん覚えてるよ。

「でも僕、耳たぶ切られたこと分かってなくてさ。青ざめてる美咲を見て初めて気付いたんだ。それで鏡を見たら血まみれで。泣きそうになったよ」

晴人君が急に振り返ったからいけないんだよ。

「すごい痛かったし驚いたけど、でも今となってはあのとき耳たぶを切られてよかったって思ってるんだ」

どうして？

「それがきっかけで美咲とデートができたから」

ちょっとフェアじゃないなぁって思ったけどね。

「デートで嘘ついてたことを謝ったら、美咲すごく怒ったよね。あんなに怒ると思ってなかったからびっくりしたよ」

そりゃそうだよ。嘘つくなんてひどいよ。

「夏には一緒に花火大会にも行ったね。はぐれたときはさすがにヤバいって思ったよ」

ひどい奴だなぁって思ったよ。

「仕事帰りに待ち合わせしてご飯を食べたり、映画を観たり、一緒に散歩をしたり、それに海にも行ったよね」

楽しかったね……。ひとつひとつの記憶を思い出しながら懐かしくて目を細めた。

「ねぇ美咲――」

美咲は襖に目を向けた。

「僕らは出逢ってまだほんの少しだけど、それでも君と過ごした時間は全部幸せな時間だったよ」

わたしもだよ……。

「だからさ、来年はさ――」

彼はしばらく黙った。

美咲はじっと襖を見つめる。

「……来年は……」

晴人の声が涙声に変わる。

「もっともっと色んなところに行こうね」

気持ちが伝わってきて胸が苦しくなった。

「春にはまたお花見に行こうよ。あの四ツ谷の桜を見にさ。花見客がたくさんいてうるさいかもしれないけど、今度は僕らもお酒を飲んで騒ごうよ。そういうの苦手だけど、美咲と一緒ならできそうな気がするんだ。それから夏になったらお祭りに行って、また海にも行こう。キャンプもいいかもしれないね。一緒に火なんかおこしてご飯を作ってさ。秋には紅葉を見て、冬には暖かいところに旅行に行こうよ。……そんな風にさ……そんな風に来年は、もっともっとたくさんの思い出を作ろうね……」

彼は分かっているんだ。わたしに残された時間が残りわずかだということを。分かっていながら、それでも一緒にいたいと言ってくれているんだ。

美咲はベッドから起き上がり箪笥を支えに摑まり立ちをした。そして立てかけてあった杖を手に彼の元へ歩き出した。足は痺《しび》れ、床ずれで傷ついた皮膚は痛む。それでも一歩一歩ゆっくりと歩いていく。そして襖にそっと触れた。

この薄い襖の向こうに晴人君がいる。

会いたい……。彼の顔をこの目で見たい。

美咲は手に力を込めた……が、その手が止まる。

でもこの姿を見て晴人君はなんて思うだろう。きっと醜いって思うに違いない。彼は優しいから口に出すことはないだろうけど、もし顔が引きつるところを見てしまったら。拒絶されてしまったら……。そう思うと怖くて動けなくなってしまう。

美咲は手を下ろした。こんなに近くにいるのに晴人までの距離は遠い。どうしても襖を開ける勇気が出なかった。

しばらくすると晴人は「じゃあ、また来年ね」と言い残して出て行った。

襖を開けられなかった自分が歯痒くもあり、これでよかったんだという思いもある。そんな二つの気持ちの間で美咲は揺れた。

やがて遠くで除夜の鐘が鳴り響いた。今年が過去へと流れていく。時間がまた美咲の傍を足早に通り過ぎていく。新しい年がやってくる。美咲にとって最後の年が……。


年が明けてすぐ、胸に激痛を感じて病院に運び込まれた。

救急車で慶明大学病院に運ばれると、待ち受けていた神谷たちが緊急治療をしてくれた。おかげで大事には至らなかったが、それでも入院を余儀なくされた。

神谷の話では、胸の痛みはどうやら狭心症によるものらしい。

「今回は軽度で済みましたが、今後も今日のようなことは起こり得ます」

その顔が病状の深刻さを物語っていた。

この入院をきっかけに美咲は更に衰弱した。老化はより一層進行し、身体中が皺だらけになり、胸は垂れ下がり、足腰は腐った木の枝のように脆くなった。

〝自分の身体のことは自分が一番分かる〟というが、美咲は自分の命の灯がもうすぐ消えようとしていることを実感していた。

きっと少し前なら早くその灯が消えてほしいと思ったに違いない。でも今は違う。まだ消えてほしくない。もう少しだけ長く生きたい。そこに晴人の姿が浮かぶから。

晴人君は今日も来てくれているのかなぁ……。インターホンを鳴らして誰もいなかったら不安になるかもしれない。わたしは大丈夫だってお兄ちゃんに伝えてもらわなきゃ。すぐに元気になって帰るよって、そう伝えてもらおう……。

帰りたい。その気持ちは日に日に大きくなっていった。

そして入院からしばらく経った頃、美咲は回診でやって来た神谷に言った。

「退院します」

しかし神谷は退院すべきではないと言った。今後様々な合併症を引き起こす危険があると真剣な表情で告げる。だからこのまま入院するべきだと。それでも帰りたいという気持ちは変わらなかった。命より優先させたい想いが今の美咲を突き動かしていた。

「お兄ちゃん、いいよね？」

椅子に座っていた貴司が「でも……」と口ごもる。しかし願いの籠った瞳を見て、「分かったよ」と頷いた。

「先生ごめんなさい。わたしどうしても帰らなきゃいけないんです」

「どうしても？」

美咲は天井を見上げたまま小さく笑った。

「晴人君が今日もきっと会いに来てくれるから……。だからどうしても帰りたいんです」

もう時間がない。あと数えるほどしかこの身体は明日を迎えられないと思う。でもわたしには明日を迎えたい理由がある。晴人君の声が聞きたい。もっともっとたくさん聞きたい。だから帰るんだ。晴人君の元へ。

＊

美咲が入院したことを聞かされた晴人は言い知れぬ焦りに襲われた。彼女の身体は衰弱が激しくもう限界に近い。見舞いに行きたいと伝えたが、断られた。やはり老いた姿を見せたくはないらしい。

貴司との通話を終えてスマートフォンをテーブルに置くと、落ち着かない気持ちを冷まそうと窓を開けた。年が明けても相変わらず冬の風はピリピリと頰を痺れさせるほど冷たい。もたれかかったベランダの手すりはひんやりとして掌が痛くなった。

向かいの公園。裸木になったソメイヨシノが寒そうに風に震えている。

美咲と最後に会った日、彼女はあの公園の風景を写真に収めていた。子供が新しいおもちゃを手にしたように、目を輝かせながら飽きることなく撮り続けていた。

そして最後の一枚になったとき、僕は彼女に言った。

――僕ら今まで一枚も写真撮ったことなかったでしょ？

でも美咲は写真を撮らせてくれなかった。きっと老いはじめた姿を撮られるのが怖かったんだ。

抽斗の奥にしまってあった写真を引っ張り出す。少しピンボケした風景写真。この写真を撮ったときの彼女の気持ちを思うと、心が万力で潰されるような痛みを覚える。

どうして気付いてやれなかったんだろう……。

でも――晴人は写真を見つめた。きっとまだなにかあるはずだ。僕が美咲にしてあげられることがきっと。

ニコンF3を手に取った。チタンブラックのボディが部屋の灯りに反射して輝いている。そして、かつて父に言われた言葉が胸を過った。

上京前夜、父は「話がある」と晴人を居間に呼んだ。どうせ東京へ行くことをまた反対するんだろうと、ため息を漏らして腰を下ろした。

「話ってなに？」と訊ねると、父は「ああ」と歯切れの悪い返事をしてしばらく高菜の漬物を咀嚼《そしやく》していた。いくら待っても口を開こうとしない父に痺れを切らして「なにもないなら呼ぶなよ」と吐き捨てて自室へ戻ろうとした。

そのとき、父がテーブルにこのニコンF3を置いた。驚く晴人に「餞別だ」とぼそりと呟く父。ずっと大切にしていたカメラなのに……。

「父ちゃんは写真のことはよく分からん。でもな、晴人――」

父は息子の顔をまっすぐ見つめた。

「いつかお前の写真で誰かを幸せにしてやればいいな」

そして、父の手からこのカメラを受け取った。

その言葉を反芻しながら、晴人は手の中のニコンF3に目を落とす。

父さんが言うような写真は今もまだ撮れていない。撮りたい写真すら見つからず、才能の欠片もない僕に、誰かを幸せにするような写真が撮れる自信なんてない。

でも……。ニコンF3を強く握りしめた。

僕は美咲を幸せにしてあげたい。この僕の写真で……。

君がいなかったらとっくに写真をやめていた。君は弱くて言い訳ばっかりだった僕の背中を押してくれた。だから見せてあげたい。カメラマンとして一歩を踏み出したところを。美咲と交わしたあの約束を果たしたいんだ。

あくる日、晴人は高梨に電話を掛けた。そして「話があるんです」と彼の最寄り駅で会う約束を取り付けた。

小田急線経堂《きょうどう》駅近くの喫茶店。緊張を和らげようと熱いブラックコーヒーを啜《すす》っていると、「おう」とカーキのモッズコートを着込んだ高梨が手に息を吹きかけながら入って来た。年明けにまた坊主頭にしたようで形の良い頭が冬の寒さに震えていた。

高梨は無造作にコートを椅子の背にかけると、どすんと晴人の向かいに座る。そして店員に「アイスロイヤルミルクティー」とぶっきら棒に言った。

「アイスロイヤルミルクティーって、寒くないんですか?」

「寒いよ。だからなんだよ?　文句あんのかよ?」

「いえ、ないですけど……」

「せっかくの休みだってのに、なんでてめぇのツラ見ねぇといけねーんだよ。つーか話ってなんだ?」

「実は――」言い辛くてカップの取っ手を指先でこする。高梨がじれったそうに「早く言えよバカ」と舌打ちをした。

「高梨さん、来月写真展やるんですよね?」

前に澤井が飲みの席で言っていた。高梨が二月に写真展をやると。

「ああ。美大時代の同期とな。なんだよ、見に来たいのか?」

「いえ……」勇気をかき集めて顔を上げた。

「僕も写真展に参加させてください」

高梨は目を丸くした。「なに言ってんだよ、お前」

「お願いします。ほんの何枚かでいいんです。僕の写真も展示させてください。もちろんギャラリーを借りるお金は出します。だから――」

「バカ言ってんじゃねぇぞ」鋭い瞳が銃口のように晴人を捉える。「どうしてお前みてーなぺーぺーを入れなきゃなんねぇんだよ」

「無理は承知の上です。でもどうしても作品を展示したいんです」

「ふざけんなバカ野郎。くだらねぇことで呼び出しやがって」高梨は舌打ちをして立ち上がった。そこにアイスロイヤルミルクティーを持った店員がやって来る。「それキャンセルで」とコートを手に店を出て――、

「お願いします!」

晴人の大声が店内に響いた。高梨の足が止まる。

「僕も参加させてください!」

身を乗り出した晴人を見て、「なに熱くなってんだよ。そんなに写真展がやりたきゃ一人でやればいいだろ」と高梨は怪訝そうに眉をひそめた。その言葉に晴人は悔しげに拳を握って顔を伏せる。

「僕は高梨さんの言う通りカメラは初心者です。腕だって高梨さんや真琴さんとは比べものにならないほどヘタクソです。写真展なんて十年早いって分かってます。でも——」

晴人は高梨を睨むように見つめた。

「でも今じゃないとダメなんです！　だからお願いします！　チャンスをください！」

一歩も退かない視線に高梨はため息を漏らした。

「店員さん。アイスロイヤルミルクティーやっぱ持ってきて」

そしてもう一度椅子に座り直すと、晴人に顔を近づけた。

「写真展に参加するのは俺の美大時代の同期だ。一人は去年木村重蔵賞を獲った奴で、もう一人は東洋フィルム主催の『風景写真百人展』に参加している。どっちも若手写真家の中じゃ勢いのある奴らだ。はっきり言って、お前なんか足元にも及ばねぇ。そんなところにずぶの素人を加えるなんてその二人が許さねぇよ。お前の写真を展示したら、その分俺らのスペースが減っちまうんだからな」

晴人が食い下がろうと口を開くと、高梨が「うるせぇ、待て」とそれを制した。

「持って来い」

「え？」

「お前を参加させてもいいって思わせるくらいの写真を持って来い。写真展は二月最初の土日だ。準備もあるから一週間後までに作品持ってくりゃ考えてやってもいい。残りの二人にも話を通しといてやる。どうする？」

晴人はきゅっと唇を結び「分かりました」と力強く頷いた。

「持っていきます。必ず」

高梨は舌打ちをすると「ここの代金、お前持ちだからな」と不機嫌そうにアイスロイヤルミルクティーを飲み干して出て行った。

高梨から写真展のテーマは『二十一世紀の時間と空間』だとメールが来た。

そのテーマを見て晴人は撮りたい写真を決めた。いや、初めから撮りたい写真は決まっていた。

仕事が休みの晴れた午後、晴人はカメラを抱えて撮影場所にやって来た。辺りを見回し、心を静かに落ち着ける。決して闇雲にシャッターを押してはいけない。

ファインダーを覗き、澤井に言われた言葉を思い出す。

——朝倉君は写真にどんな願いを込めたいのかな？

僕の願い……。それはたったひとつだ。

そして晴人はシャッターボタンを静かに押した。

一週間後――。出来上がった作品を携え、以前高梨と会った喫茶店に向かった。朝から緊張で食欲がなく、悪いイメージばかりが頭をかすめる。足は重く、作品を抱える手はさっきから震えっぱなしだ。恐怖を追い払おうと頭を思いっきり振った。及び腰になるな。美咲は病気と闘っている。だから僕も闘うんだ。

喫茶店には高梨と共に写真展に参加する二人の写真家も同席していた。高梨とは異なり柔和な顔をしているが、時折見せる鋭い視線に才気を感じずにはいられなかった。

挨拶もそこそこに数枚の写真を渡すと、彼らは無言で晴人の作品を見つめた。普段怒鳴ってばかりの高梨も、今日このときばかりは言葉数が少ない。目の前で作品を見られる緊張感に胸が張り裂けそうになる。以前、澤井に写真を見てもらったときとは明らかに異なる感情が胸を覆った。これで判断が下される。晴人は恐怖心をコーヒーで胃の奥へと押し戻す。

やがて三人は写真をテーブルに置いた――。

勝手口のインターホンを鳴らすと貴司がドアを開けた。

「部屋にいるよ」と顎をしゃくって入るよう促してくれる。

「美咲、体調は大丈夫ですか？」

「今日はまだ調子が良いみたいだ。でもここんとこ、ずっと熱でうなされてな」

「そうですか……」

美咲の体調の悪さを物語るように、貴司の横顔には暗い影が貼り付いていた。

靴を脱いで中に上がると、いつものように美咲の部屋の前で立ち止まる。そして彼女の名前を呼んだ。部屋の中で物音がした。それが美咲の返事だ。

「来月、写真展に参加することになったんだ」

なにも聞こえない。でもそれでいい。そう思って続けた。

「小さなギャラリーを借りて何人かで作品を持ち寄る写真展なんだけどね、カメラマンとして初めて作品を展示することができるんだ」

美咲……。

君のためにできることなんてきっとたかが知れているね。

僕は医者じゃない。だから君の病気を治してあげられない。

僕は超能力者じゃない。だから君を若返らせてあげることもできない。

僕は無力で、なにもできない弱い男だ。

でも、それでも思うんだ。

たとえなにもしてあげられなくても、せめて君の心に——、

「君に見てほしいんだ」

そして祈るように目を閉じ、襖の向こうの恋人に想いを伝えた。

「僕が撮った写真を……美咲に見てほしい……」

――せめて君の心に届いてほしい。

僕の撮った写真が、どうか届いてほしいんだ。

それが僕の願いなんだ……。

＊

一月最終週、晴人が写真展のパンフレットを持ってきてくれた。介護ベッドに横たわりながら美咲はそれをじっと見つめている。

――君に見てほしいんだ。

パンフレットを大事に胸に抱きしめる。そして心の奥で強く思った。

見たいな、晴人君の写真……。きっとこれが最後のチャンスになると思う。だから彼の撮った写真を一目見たい。もし見られたら思い残すことなんてなにもない。でも――。

指先でパンフレットに記された『朝倉晴人』の文字を愛おしそうになぞる。

でも、ごめんね晴人君……。見に行きたいけどやっぱり無理だよ。きみに会う勇気なんて残ってないよ。こんな醜い姿を見られるなんて、そんなの耐えられない。

「晴人君の写真展、どうするんだ？」

貴司の問いかけに静かに首を振った。そして美咲はパンフレットをサイドテーブルに戻した。

二月に入るとよく晴れた日が何日も続いた。風は穏やかで日差しは心地よい。まるで春が先取りしてやってきたかのような陽気だ。

そんな二月最初の土曜日、カーテンが閉ざされた薄暗い部屋で、美咲は落ち着かない気持ちで俯いていた。今日は写真展初日。何度も何度もパンフレットに目をやっては気にしないふりをして視線を逸らした。スマートフォンのディスプレイを見ると午後二時を回っていた。写真展は六時まで。あと四時間しかない。会場は幡《はた》ケ《が》谷《や》駅近くのギャラリー。ここから行けば一時間もかからないはずだ。

行かなくていいの？　心の中でもう一人の自分の声がする。美咲は頭を振って布団に潜り込む。勇気がない。家から出て外を歩く勇気が、会場へ行って晴人と再会する勇気が、どうしても出なかった。

午後六時になると美咲はため息を漏らした。きっと明日もこんな風に悩むのだろう。でもやっぱり一歩を踏み出す勇気はどうしても出ないままだった。

あくる日、貴司が昼食におかゆを作ってくれた。ほとんどの歯が抜け落ちたせいで固いものは食べられなくなってしまった。

兄がおかゆを口に運んでくれる。頑張って何口か食べたけどちっとも味は感じなかった。気持ちがここではない別の場所にあるから。

「最終日だな」貴司が呟いた。しかし美咲はなにも言わない。聞こえないふりをしておかゆを黙々と食べ続ける。

「行かなくていいのか？」

美咲は口を閉ざしたままだ。

「行きたいなら行った方がいいぞ？　きっと後悔するから」

そんなの分かってる……。でも怖いんだ。晴人君にこの姿を見られることが。見られたときに彼の顔が強張ることが。想像しただけで耐えられないほど怖いんだ……。

「もういらない……」と美咲は顔を背けて布団を鼻まで引っぱり上げた。眠ってしまえば次に目を覚ましたとき写真展は終わっている。そうすれば諦めも――、

「……行ってこいよ」

貴司が背中に声をかけた。

「な？　行ってこい、美咲」

しかし美咲は背を向けたまま黙っている。

「晴人君はお前に写真を見てもらいたいんだろ？　美咲が行かなかったらきっと悲しむ。

お前だってぜってー後悔するって。だから行ってこいよ」

「行かない」美咲は首を振る。

いいんだ。もう充分だ。また晴人君の声が聞けただけで、それだけでもう充分なんだ。彼が写真を頑張っていることを知れただけで――、

「……そんな風に諦めんなよ」

苦しげに囁く兄の声。

「俺はそうやって諦めるお前の姿をもう見たくねぇんだよ……」

その声は微かに震えていた。

「美咲、お前は病気になってたくさんのものを諦めちまったな。美容師の仕事も、将来の夢も、結婚して幸せな家庭を持つことも。すごく辛かったと思う。悔しかったよな。どうしてわたしがって、きっと何度も何度も思ったはずだよな……」

その言葉が針のように胸にちくちくと痛みを与える。美咲は目を閉じて唇を噛んだ。

貴司はベッドの横に腰を下ろすと美咲の頭を優しく撫でた。

「よく頑張ったな美咲……今まで本当によく頑張ったよ……。だからもう一番大事なものは諦めんな」

美咲は布団の中で子供のように丸まって震えた。温かい涙が鼻筋を伝って枕を濡らす。

「行ってこい、美咲」

「でも……晴人君にこんな姿見せられない。きっと笑われちゃうよ……」

この姿を見せて彼に気持ち悪いって思われたら。失望されたらって思うと怖いんだ。

「心配すんな」と兄は明るい声で言った。「もしあいつが笑ったら、そのときは俺がぶん殴ってやる。だから心配しないで行ってこい」

顔を向けると、兄は笑って頷いてくれた。

「大丈夫だ。晴人君ならきっと」

美咲の心に小さな火が灯《とも》った。その火は次第に大きくなり身体を突き動かす。晴人に会いたい気持ちが全身を揺さぶった。彼の声を思い出す。ちょっと低くて澄んだあの声を。「可愛い」って言ってくれた声を。あの笑顔を思い出す。目を細めて顔をくしゃくしゃにして笑いかけてくれた笑顔を。そして晴人のぬくもりを思い出した。

もう一度触れたい……。彼の優しさに、もう一度だけ。

美咲はもうほとんど力の入らないその腕で必死に身体を起こそうとした。枝のように細い腕は震え、自分の重さを否応なく感じてしまう。それでも美咲は起き上がろうと全身に力を込めた。兄が手を貸そうとしてくれたが、首を振ってそれを拒んだ。自分一人の力で立ち上がりたかった。自分の足で彼に会いに行きたかった。

そして美咲は鏡を取り出した。自分の顔を見るのは久しぶりだ。歯が抜け落ちたせいで顔は前より更にしぼんでいる。病気になる前の面影などもうどこにもない。

こんな醜い姿になっちゃったんだ……。

泣かないように唇をきゅっと結んだ。そしてずっとしまったままにしていた化粧ポーチを開いた。

化粧なんてしても変わらないのは分かってる。でも晴人君に会うんだ。ほんの少しでいい。少しでいいから綺麗になりたい……。

美咲は願いを込めて化粧をはじめた。ファンデーションを塗り、アイブロウで薄くなった眉毛を作る。リップは少し悩んだけど少し薄めの桜色のものにした。ひとつひとつの化粧に心と願いを込める。

美容室で働いていた頃、お客さんにメイクをしてあげていた。これからデートのお客さん、好きな人に告白しにいくお客さん、たくさんの人がいた。その一人一人の願いが叶うようにと一生懸命だったあの日々が蘇る。綺麗になってほしい。素敵に変身したところを見て自分を好きになってほしい。心からそう願った。

過ぎ去った日々を思い返しながら美咲は鏡に向かい続けた。

ちょっとはマシになったかなぁ……。

メイクが終わった顔を見つめて思った。

そして白くなった髪を隠すように桜色のニット帽を被る。

「俺も近くまで一緒に行こうか？」

「ううん、一人で行ってくるよ」

「でも――」

「一人で行きたいの」

「分かった。でもなにかあったらすぐに連絡しろよ？」

「大げさだなぁ」

そして美咲は微笑んだ。

「じゃあ、行ってくるね」


タクシーに乗ってギャラリーを目指す間、胸はずっと高鳴っていた。晴人に会えるという想いと、この姿を見られるという緊張が全身を縄のように締め上げる。美咲は白い手袋を纏った手をぎゅっと握る。そしてあの頃のように呪文を唱える。

……大丈夫。きっと大丈夫だ。

会場の近くに着くとタクシーを降りて昼下がりの商店街を歩いた。道行く人にこの姿はどう映っているのだろう？　気味悪いって思われていないかなぁ。それともただのおばあちゃんだと思っているのかな。きっとみんな、わたしが二十四歳だなんて思わないよね……。

美咲は杖をつきながら一歩一歩ゆっくり歩いた。幸いなことにこの日は体調がよかった。熱もないし身体も軽い。早く歩くことはできないけれど、それでも足取りはいつもよりずっと軽かった。

息を切らしてたどり着いたギャラリー。入口には『二十一世紀の時間と空間展』という看板が出ている。参加カメラマンの欄に『朝倉晴人』という名前を見つけると心臓が大きく脈打った。美咲は深呼吸をすると、勇気を出してドアを開けた。

ギャラリー内はそれほど広くない。パーティションで経路が仕切られており一人一人の作品を順路に従って見るようになっていた。

美咲は辺りをぐるりと見回し晴人を探す。しかし彼はいなかった。そのことにほんの少しだけホッとしてしまう。そして受付で記帳を済ませて料金を支払い、順路に従って飾られている写真を眺めた。

三人の作品を見終わると、晴人の展示スペースに差し掛かった。手に持った杖に力を込める。そしてゆっくりと足を踏み入れた。

壁に飾られた白黒写真。

なんの変哲もない風景の数々。

でもそれらを見た瞬間、美咲の目から涙が零れた。

見覚えのあるその風景は、いつか晴人の隣で見た景色だった。

初めてのデートで訪れた四ツ谷の桜並木、食事に出かけた新宿のレストラン、美咲が働いていた美容室・ペニーレインの写真もある。夏に一緒に行った隅田川、花火を見上げたビルとビルの隙間、プロポーズをしてくれた由比ガ浜。季節は違っても、たしかにそこに晴人と見た景色が広がっていた。

——いつか見てくれますか？　僕の写真。

心の奥で晴人の声がした。

——これからたくさん勉強してたくさん腕を磨きます。だからいつか自信作が撮れたら、そのときは僕の写真を見てください。

約束、守れてよかった……。

勇気を振り絞ってここに来てよかった。

晴人君の写真を見れて本当によかった。

——僕、頑張ります！　その言葉を信じて、もう一度カメラ頑張ります！

彼はあの約束を叶えてくれた。わたしのために一生懸命写真を撮ってくれたんだ。

こんなに想われて、わたしは幸せ者だ……。

作品の最後にタイトルが記されていた。

その文字を見て、美咲は嬉しそうに笑みを浮かべた。

『変わらないもの』

ずっとずっと変わっていくことが怖かった。人の何十倍もの速度で年老いていくことが怖くて仕方なかった。日々変わっていく自分の姿を見るのが苦しくてたまらなかった。酷いことを言って大切な人を傷つけてしまう自分が大嫌いだった。

でも——、

美咲は涙を拭った。

変わらないものもあるんだ……。

晴人君と見た景色は、あの日の思い出は、きっとこれからも変わらないんだ。晴人君が言う通り、写真って思い出をハサミみたいに切り取ってくれるんだ。この写真の中には、あの頃のわたしと晴人君がいる。そう思うとたまらなく嬉しかった。

美咲は受付に足を向けた。「朝倉晴人さんは」と訊ねると、受付の女性は「お知り合いを迎えに行くって出かけましたけど」と教えてくれた。

きっとわたしを迎えに行ったんだ。

……会いたい。

そして美咲は足を引きずりながら急いで会場を出た。

＊

晴人は美咲の家を訪れていた。
インターホンを鳴らすと貴司が顔を出す。
美咲は写真展に向かったらしい。行き違いになってしまったようだ。
跳ねるように踵を返した。
美咲が写真を見に来てくれた。そう思うと嬉しさがこみ上げる。
会えるかもしれない……。
はやる気持ちが背中を押す。晴人は息を切らして走った。
ひんやりとした真冬の空気を切り裂きながら駆け抜けていく。
やがて空から静かに雪が降りはじめた。

＊

彼の番号は随分前に消してしまったから電話をすることはできない。
美咲は降りはじめた雪の中に晴人の姿を探した。自由の利かない身体を引きずりながら辺りを見回し歩いていく。腰に激痛が走り、足が痺れて動けなくなってしまう。それでも美咲は懸命に足を前に出した。

……動いて。お願い。これでもう歩けなくなってもいい。動けなくなってもいい。だから今だけは、お願いだからどうか動いて。

しかし足がもつれて転んでしまった。通りすがりの若い女性が「大丈夫ですか？」と身体を起こしてくれた。礼を言って再び杖をついて歩き出す。しかし足は痺れて言うことを聞いてくれない。でも美咲は足を引きずりながら必死に歩いた。吐く息は白く身体は冷たい。それでも街の中に晴人を探し求めた。

きっと今会わなきゃ後悔したまま死んでいくことになる。そんなの嫌だ。もう諦めたくない。最後にもう一度だけ晴人君に会いたい。会って今のこの気持ちを伝えたい……。

息を切らせてやってきた公園。休日の子供たちが降り落ちる雪にはしゃいでいる。晴人を探しながら歩いていく。しかし彼はいない。どこにもいなかった。

こんなとこにいるはずないか……。

ため息交じりに踵を返す。すると美咲の足が止まった。

ドクンと心臓が音を鳴らした。

公園の入口に晴人が立っている。彼は辺りを見回して誰かを探しているようだった。

わたしを探してくれているんだ。

美咲は緊張で震える足を踏み出した。
晴人との距離が少しずつ縮んでいく。
彼がこちらを見た。目が合った。
嬉しさと怖さで足が震える。
彼もゆっくりこちらへ向かって歩いてくる。
美咲は一歩一歩晴人に近づいていく。
そしてあの頃のように彼の名前を呼ぼうとした。
「晴人――」
そのとき、北風がいたずらに美咲のニット帽を飛ばした。
晴人の傍に落ちた桜色のニット帽。彼はそれを拾い上げると笑顔を浮かべた。
美咲も微笑んだ。
晴人がニット帽を差し出す。
「どうぞ」
その瞬間、美咲の笑顔は泡のように消えた。
「どうしました?」彼は怪訝そうに首をかしげる。
気付いてない……。
晴人君は、わたしだって気付いてないんだ……。

わたしが変わっちゃったから、こんな姿になっちゃったから、だから気付けないんだ。わたしだよって言いたい。でも言ってしまったら晴人君は……。

美咲は涙を堪えて口を閉ざした。

笑おう……。

これが最後だから。晴人君に会える最後なんだから。

またこうやって会えたんだ。

だから最後は笑顔で——。

美咲は目の前にいる恋人に向かって精一杯笑ってみせた。溢れ出しそうな涙を堪えながら、たとえ気付かれることはなくても、それでも嬉しそうに微笑んだ。そして晴人が差し出すニット帽を受け取った。その瞬間、ほんの少しだけ指先が彼の掌に触れた。

手を繋いでいた頃の感触が蘇る。荒れた手を好きだと言ってくれた晴人の声が。

晴人君はわたしにたくさんの思い出をくれた。

忘れたくない思い出をたくさんたくさんくれた。

だから晴人君——、

「ありがとう……」

かすれた声でそう告げた。もうあの頃とは違う声。しゃがれて汚らしい声になってしまった。晴人に気付かれない声に。それでもどうしても伝えたかった。ありがとうって、そう伝えたかった。

晴人はニット帽を渡すと会釈して歩き出した。小さくなっていく彼の背中を美咲はいつまでも見つめていた。やがて見えなくなるその瞬間まで微笑みを浮かべながら……。

家に帰ると、貴司が「どうだった？」と訊ねてきた。

「晴人君に会えたか？」

美咲はベッドに腰を下ろし「会えなかった」と苦笑いを浮かべる。

「そうか……」

「そんな顔しないでよ」

不思議と悲しみはなかった。すっきりとした気持ちで身体は軽かった。

あのとき、ちょっとだけホッとした自分がいた。気付かれなくてよかったって、そう思って安心した。わたしはやっぱりあの頃のわたしのことを覚えていてほしい。こんな姿じゃなくて、晴人君と同い年だった頃のわたしを。あの写真の風景を一緒に見ていた頃のわたしの姿を覚えていてほしいんだ。だからこれでよかったんだ……。

ほんのちょっとの寂しさはある。でもそれ以上にわたしは幸せだ。二人の思い出の景色にまた触れることができたから。ほんの少しでも、晴人君に会えたんだから……。

笑顔を浮かべる美咲の目から涙がぽろぽろと零れ落ちた。

わたしはずっと自分が不幸だと思ってた。同世代の女の子たちより早く年を取って、こんな無様な姿になって、憐《あわ》れだって思っていた。

でも、それでも……晴人君に恋をしたことだけは、誰よりも、きっと誰よりも幸せだったと胸を張れる。世界中に自慢したいくらいに。

＊

その夜、夢を見た。

夢の中で美咲は二十四歳の姿だった。身体は綿毛のように軽く、なんの痛みも感じない。肌に皺は一切なく、髪も黒々としている。指だって荒れているけど昔のままだ。奇跡が起こったんだ……。そう思うと嬉しくて涙が溢れた。

美咲は軽くなった身体で晴人の元へ走った。どれだけ走っても息は上がらない。そこに若さを感じることができて心は喜びに満ち溢れた。

晴人はいつものように微笑みかけてくれた。彼の胸に飛び込むと優しく髪を撫でてくれた。大きな掌の感触が懐かしくて美咲は嬉しくて微笑んだ。

そして晴人は言ってくれた。

可愛いよ……って。

あのときのように、またそう言ってくれた。

誰かに愛されるのってすごくいいものだって、いつか綾乃さんが教えてくれた。きっと女の子として生まれてきた幸せだって。

嬉しいなぁ……。

美咲は心から思った。

好きな人に可愛いって言ってもらえて、たくさん愛されて……。

わたしは女の子に生まれて本当によかった……。

＊

美咲が死んだのは、それから数日後のことだった。

その朝、貴司はベッドに横たわる美咲を見て青ざめた。いつもと明らかに様子が違う。あの写真展以来、身体は衰弱する一方だったが、呼びかけても反応がないなんてことは初めてだ。大慌てで救急車を呼び病院に連れて行った。しかし、神谷による懸命の処置もむなしく、妹はあっけなく死んでしまった。

亡くなる直前、ベッドの上で美咲の意識は混濁していた。酸素マスクの下で何度も何度もうわごとを繰り返している。

「……今日は……どうなさいますか……カットと……パーマもしましょうか……きっと可愛く……なりますよ……」

美咲は夢の中で髪を切っていた。きっとあの頃のように鏡の前に座るお客さんに微笑みかけているのだろう。

貴司は妹の手をぎゅっと握った。そして意識が戻るように必死に願った。

夕日の淡いオレンジ色が窓から差し込む頃、美咲の手が微かに動いた。貴司は慌てて顔を覗き込む。すると美咲は微かに口を動かした。意識が戻ったのだ。なにかを言いたげな口元に貴司は耳を寄せた。

「……ご……ね……」

「なんだ？」

「……ごめん……ね……」

「なにがごめんだよ」貴司は苦笑いを浮かべた。

「……妹なのに……年上に……なっちゃったね……こんな姿で……お兄ちゃんより……年上に……」

「なに言ってんだよ、バカ」

貴司は皺に包まれた美咲の手を強く握った。

「お前はいくつになっても俺の妹だ。これからだってそうさ。ずっとずっと……俺の……俺の可愛い妹だ……」

涙ながらに微笑むと、美咲も嬉しそうにうっすらと笑ってくれた。

大好きだった妹の笑顔。いつも貴司を励まし勇気付けてくれたあの笑顔だ。

たとえ姿は変わっても、たしかに美咲は笑っている。花のように……。

でもそれが最後の笑顔だった。

やがて美咲は永い眠りについた。


葬儀は行わなかった。きっと誰にも老いた姿を見せたくないだろうから。晴人にでさえ死んでからしばらくは知らせないでほしいと言われていた。だから綾乃と二人、火葬場で静かに見送ってやることにした。柩《ひつぎ》の中で眠る美咲は安らかで、呼べばすぐ目を覚ますんじゃないかと思うほどだった。

「美咲……」

でもいくら声をかけても起きてはくれない。隣で肩を落としている綾乃の手を握ってやった。すると綾乃から嗚咽が漏れ出した。いつかもう一度美咲に会うという願いを叶えられず、無念の思いが涙となって溢れ出ているようだった。

火葬の時間がやってきた。貴司は美咲がずっと大事にしていた桜色のシザーケースを柩に入れてやった。捨てておいてと言われたが、どうしても捨てることはできなかった。

美咲がこのシザーケースをいつも大事そうに握りしめていたことを知っていたから。病気が進行して老いが忍び寄って来たときも、身体が痛くて辛かったときも、美咲はいつもこのシザーケースを抱きしめていた。宝物のように。それを捨てられるわけなどなかった。

貴司は柩の中で横たわる妹に心の中で囁いた。

美咲、あっちでは若い頃の姿でいられるといいな。また美容師の仕事ができたらいいな。親父とおふくろにも会えたらいいな。昔みたいにおふくろと夜遅くまでくだらない話ができたらいいな。親父と喧嘩するんじゃねぇぞ？

家族仲良く、あっちで暮らしていてくれたら嬉しいよ……。

俺はもう少しこっちの世界にしがみついてみるよ。お前に笑われないように、もうちょっとだけ頑張ってみるから。だからなにも心配せずにゆっくり眠ってくれ。

次の日、美咲の部屋の整理をはじめた。

綾乃は「このままにしておいてあげればいいのに」と言ったが、きっと美咲は新しいスタートを切ってほしいと願っているはずだ。それにこのままにしておいたらいつまで経っても片付けなんてできないと思う。だから意を決して整理することにした。美咲の物が無くなっても思い出まで消えるわけじゃない。そう自分に言い聞かせながら。

片付けている最中、棚の中からアルバムが出てきた。開いてみると幼い頃の美咲の笑顔がそこにあった。貴司は胡坐《あぐら》をかいたまま頰を緩ませる。

「どうしたの？」と綾乃が隣に腰を下ろした。

「可愛いだろ」笑みを浮かべて写真の中の美咲を撫でた。「ガキの頃、近所の悪ガキに〝飲み屋の娘〟ってからかわれてな。でも美咲、相手が男でも平気で言い返すんだよ。『飲み屋の娘でなにが悪いの!?』って。それでよく叩かれて泣いて帰って来てさ。だから俺がイジメっ子たちを懲《こ》らしめてやったんだ。でもあんまりやりすぎると美咲の奴、言うんだよ。『お兄ちゃん酷い！』って。こいつのために身体張ってんのにだぜ？　ひでぇ話だろ？」

アルバムをめくると中学生の頃の美咲の姿があった。

「美咲こう見えて結構勉強できてさ。俺や親父に似なくて良かったよホント。特に美術の成績が良くてよ。5だぜ、5。すげーよな。俺人生で5なんて一度も取ったことなかったもん。きっと神様が美容師になるためにって手先を器用にしてくれたんだな」

もう一枚めくると高校の入学式の写真。次をめくると専門学校の頃。そして成人式のときの写真があった。振袖を着て貴司と綾乃と並んでいる写真だ。

「この振袖、レンタルだったんだよな」と貴司は笑った。

「そうだったね」綾乃も笑った。

「本当は欲しい振袖あったくせにさ、買ってやるって言ったら『高いからいい』って断ったんだよな。浴衣まで買ってもらったのに振袖もなんて悪いって」

「美咲ちゃん、いつも貴司に迷惑かけないようにしてたから」

綾乃の言葉に目頭が熱くなった。

「迷惑なんかじゃねぇのにな……」

そして涙が次々と零れ落ちた。

「買ってやりゃよかったよ……。振袖くらいで喜んでくれるなら、ケチケチしねぇで買ってやればよかった……。あいつが欲しいものたくさん買ってやればよかった。行きたい場所に連れてってやればよかった。もっとしてやれることがあったはずなのに……それなのに……」

綾乃の温かい手の感触を背中に感じた。

「そんなことないわよ。貴司は良いお兄ちゃんだった。美咲ちゃん言ってたのよ？　お兄ちゃんがいたから美容師になることができたって。夢を叶えられたって」

涙が次々と写真の上に落ちる。

「お兄ちゃんがわたしのお兄ちゃんでよかったって、そう言ってたのよ」

それは俺の方だ。こんなダメな兄貴なのに、お前はいつも俺を頼ってくれた。だから今まで頑張れたんだ。お前がいたから、ここまでやってこれたんだ。

貴司はアルバムに落ちた涙をシャツの袖で不器用に拭った。
「美咲、お前は俺にはもったいない妹だったな……」
綾乃も泣いていた。大きな音を立てて鼻水をすするから、思わず吹き出してしまった。
「なによ」と綾乃が鼻を摘《つ》まんできた。二人して顔を見合わせて笑った。
そして貴司はもう一度写真の中の美咲を見つめた。
ありがとな、美咲……。
俺の妹で生まれてきてくれて。

あらかた片付け終わった頃、一通の手紙を見つけた。
『晴人君へ』と書かれた手紙。写真展のあと美咲がベッドの上で書いていた手紙だ。
封筒を見つめて思った。
これを渡すことが、俺が最後にできることだな……。
そして貴司は携帯電話を開いた。

*

美咲の死を知った瞬間、晴人はその場にへたり込んでしまった。世界は白黒写真のように色を失くし、どうしていいのか分からず呼吸すら忘れてしまいそうだった。ここ数日仕事に追われ、ようやく今日こそは会いに行けると思っていたのに……。

スタジオにいた真琴が異変に気付き「大丈夫!?」と駆け寄ってきてくれた。でもなんて答えたのかは覚えていない。人の声も照明の眩い光もすべて遠い世界の出来事のように思えて、そこに自分だけがいないような錯覚を覚えた。

澤井に事情を話し、その日は早退させてもらって美咲の家へ急いだ。

臨終の様子を聞いても美咲が死んでしまったとはどうしても思えなかった。でも彼女の骨箱を見た途端、現実を突きつけられた気がして狂おしい気持ちに襲われた。

「すぐに連絡できなくて悪かった」貴司はそう言って頭を下げてくれた。「でもあいつ、晴人君に死に顔は見せたくなかったんだ。だから分かってやってほしい」

結局、最後まで一度も会えることなく美咲と別れることになってしまった。写真展の日も会えずじまいだった。あの日、会場へ戻ると受付台帳に美咲の名前が記されていた。しかしギャラリーに彼女の姿はなかった。会えないことはある程度覚悟していたが、名前を見た途端会いたいと思う気持ちが噴き上がり、思わず外に飛び出していた。でも随分探したけれど美咲を見つけることはできなかった。

「晴人君、これ」

貴司が手紙を差し出した。美咲の字で『晴人君へ』と書いてある。

「写真展の後に書いていた手紙だ。よかったら読んでやってくれ」

晴人は手紙を大事そうにポケットにしまうと「お願いがあるんです」と貴司に言った。

「美咲の部屋を見せてくれませんか？」

許可をもらうと彼女の部屋へ向かった。いつも閉ざされていた薄い襖に手を伸ばすと、襖はあっけなく開いた。

部屋に入るとあの夏の記憶が過る。初めてこの部屋に来た日の記憶。ゼリーを買ってきてあげると美咲は嬉しそうに喜んでくれた。マスクをしているのはすっぴんだからと恥ずかしそうに膝に顔を押し当てていた。あの日の姿が鮮明に蘇って胸が痛くて涙が溢れた。洟をすすると美咲の匂いがして、それがまた余計に苦しくさせた。

部屋は整理されて彼女の物はずいぶん無くなってしまっていた。

ふと見ると、棚に美咲の遺品がしまってある。美容師時代の日記帳、化粧ポーチ、数着の衣類、そして――、
晴人はあるものを見つけて目を見開いた。足が震え、呼吸は乱れ、奥歯が信じられないほどガタガタと音を立てた。

これって……。

そこには、桜色のニット帽が置かれていた。

蘇る記憶。写真展の日。公園。すれ違った老婆。

晴人はニット帽を手にその場に崩れた。

あの老婆が被っていたニット帽だ……。

身体中が痙攣《けいれん》するようにぶるぶると震え、涙腺《るいせん》が壊れたように涙が次々と零れ落ちた。

悶えながら身体を丸めて、握りしめた桜色のニット帽を見つめる。

「僕は……僕は……」

僕は気付けなかったんだ……。

あのとき、あそこですれ違った老婆は美咲だったんだ。

それなのに僕は——。

喉が焼き切れるほど泣いた。気付けなかった自分を呪い、あのとき笑っていた老婆の顔を思い出しながら狂うように泣き続けた。混乱と絶望が混じり合った叫びのような涙だった。

なにが変わらないものだ。

僕は最後の写真で幸せにするだ。

なにが僕の写真で幸せにするだ。

気付くことすらできず美咲を傷つけてしまった。

「……美咲……ごめん……ごめんなさい……」

取り返しのつかない罪悪感が押し寄せた。晴人は泣きながら声にならない声で美咲に謝り続けた。もうこの世にはいない恋人に向かっていつまでも。

帰り際、貴司が店先まで見送ってくれた。

でも言えなかった。自分が犯してしまった罪のことは。

会釈して力なく歩き出すと呼び止められた。

「美咲の分まで幸せになってくれ。あいつもきっとそれを望んでいるから」

その潤んだ瞳を見つめると、やるせない思いが胸を覆った。

「元気でな、晴人君……」

家までの道を力なく歩いていると、あの日のように雪が降り出した。

晴人の脳裏に老婆になった美咲の姿が浮かぶ。

気付けなかった僕に君は「ありがとう」と言った。こんな僕に向かって最後に微笑みかけてくれた。

それなのに僕は……。

僕は……。

ポケットに手を入れると彼女からの手紙に指が触れた。弱々しい字で『晴人君へ』と書かれた手紙。封筒に涙の滴《しずく》がぽとりと落ちた。

「美咲……」

しかしその声は降り落ちる雪にかき消されてしまった。

第五章　新しい季節

二月の終わりに仕事を辞めた。

一方的に電話で辞めることを告げると、澤井は恋人を亡くしたことが原因だと気付いたようで「大丈夫か？」と声をかけてくれた。でもなにも言わずそそくさと電話を切った。罪悪感はあったけれど、でもそれ以上にカメラに携わりたくないという思いが優った。自分にはもう写真に携わる資格なんてないと思った。

その日から、饐《す》えた匂いのする部屋で横たわったまま、時が流れる音に耳を傾け続けた。そして今はいない美咲のことを思った。

僕の写真で美咲を勇気付けたかった。それが彼女にできる唯一の恩返しだと。でもその結果、僕は美咲を傷つけてしまった。雪のちらつくあの公園の風景を今も鮮明に覚えている。空気のぴんと張りつめた雰囲気も、空から落ちる雪を追いかける子供たちの楽しげな声も。風に飛ばされたニット帽。拾い上げて渡した老婆。彼女が美咲だなんて思わなかった。病気のことを聞いていたのにもかかわらず、僕はあの瞬間、記憶の中の美咲を探していた。二十四歳の、若い姿のままの美咲を。

あのとき、去って行く僕の背中を見て彼女はなにを思っていたんだろう。きっと気付いてほしかったはずだ。振り返ってほしかったはずだ。すごく憎んだに違いない。僕はあの夏、美咲の病気に気付くことができなかった。その上、すれ違った彼女に気付くことすらできなかったんだ……。

いくら謝っても許されることじゃない。それくらいの罪を犯してしまったんだ。

このまま死んでしまいたかった。でも数日飲み食いしなくても身体が朽ちることはない。死ねない苦しみと同時に健康でいる自分が憎らしく思えた。自分が死んで美咲が生きるべきだ。死ぬ勇気も生きる勇気もないまま、晴人は井戸の底のような暗い部屋の中でただ静かに呼吸だけを繰り返し続けた。

あくる日は暖かかった。季節が変わろうとしていることを肌で感じる。美咲がいた時間が遠い過去へと流れていくみたいで辛かった。

空中を浮遊する埃《ほこり》が太陽の光を浴びて輝いている。表の道路では工事がはじまったようで騒音がのべつ響いていた。それでも晴人はベッドに横たわったままなにもせず、ただそこに存在し続けた。寝返りを打ったらこのまま地獄に落ちることができないだろうかと、そんなバカげたことを思うことすらあった。でもいくら待っても死神は訪れてはくれなかった。

夕方、どうしようもなく喉が渇いて目が覚めた。身体中の細胞が水分を求めている。焼けるような渇きに息苦しくなった。水を飲めと脳が指令を送り続ける。拒もうと思っても本能的に身体が動いて、気付くと蛇口をひねって浴びるように水を飲んでいた。むせかえると同時に我に返ってへたり込む。すると今度は腹が減ってきた。無視できないほどの空腹が身体を支配する。まるで砂漠に巻き起こる竜巻のような空腹だ。目の前の戸棚にカップラーメンを見つけて咄嗟に手が伸びてしまった。

湯が沸くのを待っているこの時間がじれったくて、気を紛らわそうとトイレで用を足した。そして洗面所の鏡を覗くと、そこには死人が映っていた。魂の抜けたような青白い顔。伸び放題の髭《ひげ》。泣き腫らした目は驚くほど真っ赤だった。

酷い顔だな……。指先で髭を撫でながらそんなことを思っていると、ケトルがパチンと音を立てた。湯が沸いたようだ。カップラーメンにお湯を入れて三分待つ。部屋に香ばしい醤油の匂いが広がると、空腹はより一層激しさを増した。我慢できず三分経つ前に割り箸を手に麺をむさぼった。こんなに美味いものがこの世界にあるのかと思った。夢中で麺を掻き込む。スープが熱すぎて舌をやけどした。それでも食欲は衰えを知らない。

でも……。ふと箸を止めた。

こんなときでも腹って減るんだな……。

美咲が死んだっていうのに、こんな風にバカみたいにカップラーメンを食ってるんだ。生きるために、必死に腹を満たしているんだ……。

そう思うとやるせなくて涙が溢れてくる。

——どうしてお腹って減るんだろうね。

海に出かけたとき美咲が言っていた。「なにそれ？」と訊ねると彼女はこう続けた。

——人ってどんな状況でもお腹が減るんだなぁーって思ってさ。

あのとき美咲は年老いていく恐怖と闘っていた。どれだけ怖くても、どれだけ苦しくても、彼女も腹が減ってしまったんだ。僕は美咲の苦しみのすべては分からない。人の何十倍もの早さで老いていく恐怖がどれほどのものなのか、想像することすらできない。でもたったひとつだけ知ることができた。人はどんな状況においても腹は減ってしまう。そんなくだらないことだけど、それでもあのときの美咲の気持ちがほんの少しだけ分かったような気がした。気付くのが遅すぎたけれど……。

晴人は泣きながらカップラーメンの続きを食べた。

それから二週間、晴人は最低限の水分と食事を摂り、残りの時間はベッドに横たわってぼんやりと宙を眺めた。なにもやる気が出ず、寝返りを打つことすら面倒に思えた。やがて肩と腰が痛くなり骨が悲鳴を上げ、頻繁に頭痛に襲われるようになった。ずっと横になっているせいかもしれない。それでも晴人は動かなかった。自分の身体に耳を傾けると日々細胞が死んでいく音が聞こえる気がする。そしてそのたびに思う。自分は一時間ごとに老いているのだと。昨日の自分よりも確実に年を取り、弱り、そして死に近づいているのだ。こんな緩やかな時の流れの中でも死を感じるのだから、その何十倍もの早さで老いていった美咲はどれほど苦しかったのだろう……。

晴人はむくりと起き上がった。そして両手の掌を見つめながら思った。僕の身体は、僕の本能は、生きたいと願っている。痛みが身体の異常を伝え、空腹が栄養の補給を呼びかけている。死に抗おうと必死に闘っているんだ。美咲もきっとこんな風に生きたいと毎日願っていたに違いない。時間という十字架に縛られながらもがき続けていた彼女を思うと、涙がひたすら流れた。

何週間ぶりにシャワーを浴びた。

裸になると浮き出たあばらは鳥かごのようで、姿勢がかなり悪くなっていることに気付いた。古びた操り人形のような外見に気味悪さすら覚える。

シャワーを終えると抽斗から美咲の手紙を取り出した。あの日から封を切ることができずに眠らせてある手紙。糊付《のりづ》けされたフラップに触れる。しかし彼女の最後の言葉に触れる勇気は今もなかった。

封筒を見つめているとインターホンが鳴った。勧誘かなにかかと思った。無視してソファに倒れ込んだがインターホンはまた鳴った。今度はしつこかった。何度も何度も鳴らされるインターホン。無視しても帰る気配はない。なんとなくあの人だと思った。

「はい……」

力なく受話器を取ると、「おい！　朝倉！　鍵開けろ！　殺すぞ！」と威勢のよい高梨の声が鼓膜に響いた。仕方なくドアを開けると、高梨は「いるならさっさと出てこいよバカ野郎！」と不機嫌そうにドアを蹴った。それから晴人の顔を見て「しみったれたツラしてんなぁ」と呆れたように吐息を漏らした。そして「ちょっと付き合え」と晴人のシャツを引っ張り、無理矢理外へと連れ出した。

向かいの公園にやって来ると二人はブランコに並んで座った。老いぼれた猿のように背中を丸める晴人を見て高梨は舌打ちをした。

「まだ落ち込んでんのか？　てめぇは」

高梨さんには分からないですよ……。そんな言葉が喉元までこみ上げたが飲み込んだ。

「なにしに来たんですか……」

「あ？　澤井さんが様子見てこいってうるせぇからだよ。お前が急に辞めちまって随分心配してたぞ？　つーか、なんで俺が来なきゃいけねぇんだよ、面倒くせぇ」

「すみません……」

消え入りそうな声に高梨は少しだけ気まずそうだった。所在なさげに煙草《タバコ》に火をつけると、それからチラッとこちらを見た。

「つーかお前、写真やめるのか？」

力なく頷いた。

「僕には写真を撮る資格なんてありませんから……」

そして晴人は立ち上がる。

「失礼します」

歩いていく背中に高梨の視線を感じる。しかし無視して歩いた。すると、

「やめんなよ……」

その声に立ち止まった。

「やめるんじゃねぇ」

振り返ると、高梨の強い眼差しが突き刺さった。

「資格なんて誰にもねぇだろ。つーか、そんなもん必要ねぇよ。お前にまだ写真を撮りたいって気持ちがあるなら絶対にやめるんじゃねぇ。いつか必ず後悔するぞ」

しかし晴人はなにも応えられない。

「彼女が死んだからっていつまでもシラケてんじゃねぇよ！　そりゃ辛れぇだろうよ！　大事な人が死んだのはよぉ！　でもなぁ、俺たちカメラマンはなにがあっても写真を撮り続けなきゃいけねぇんだよ！」

晴人は震える声で「でも……」と呟いた。

「でもじゃねぇ！　撮るんだよ！　なにがあっても！」

「高梨さん……」

「撮れ！　朝倉！」

でも僕は……。

「撮れ！」

必死な形相だった。普段の意地悪な彼からは想像できないほどに。そこには優しさが込められている。その感情が伝わってきて目の奥が熱くなった。

高梨は照れを隠すように「それから」とジーンズのポケットに手を突っ込んだ。「澤井さんにはちゃんと詫び入れに行けよ？　心配かけたままにすんじゃねぇ」

そう言い残して高梨は去って行った。

一人きりになって見上げた空はいつになく眩しかった。霞がかった青空。太陽の光を吸い込んだ雲は虹色に輝いている。こんな風に世界の輝きを感じたのはいつ以来だろう。

高梨の言葉はいつまでも晴人の胸の中で響いていた。


数日後、晴人は事務所に足を向けた。

高梨の言う通り、ちゃんと澤井に謝るべきだと思った。

朝、事務所のドアを開けると澤井の姿はまだなかった。改めようと踵を返す。すると「朝倉君？」と真琴の声が奥から聞こえた。気まずくて顔を背けると、彼女は「いいところに来た！　ちょっと準備手伝って！」と晴人の袖を引っ張った。

「でも僕――」

「いいからいいから。人手足りなくて困ってるの。撮影間に合わなくなっちゃうから」

　巻き込まれるように手伝う羽目になってしまった。

　しばらくすると澤井が事務所にやって来た。迷惑をかけてしまったことを謝ろうとしたが、澤井は「おはよう」と暗室の方へ行ってしまった。追いかけようとすると、「おい朝倉！」と高梨の怒鳴り声がして足が止まる。

「さっさと車に荷物積み込めや！」

　澤井さんには今夜しっかり謝って、辞めることをちゃんと伝えよう……。

　久しぶりのスタジオは居心地が悪かった。張り詰めた空気が懐かしくて、でも同時にカメラを見るとやっぱり苦しくなってしまう。

　撮影は夜七時には終わった。事務所に機材を持ち帰ると、澤井が「じゃあ、あとよろしくね」と帰ろうとしたので慌てて呼び止めた。

　そして高梨と真琴が帰ったあと、「ご迷惑をおかけしてすみませんでした」と頭を下げた。澤井は「痩せたね」とコーヒーの入ったマグカップを差し出した。

「仕事のことなんですけど――」と口を開くと、「そういえば」と遮られた。

「高梨君から見せてもらったよ」

そう言って、あの日写真展で展示した晴人の作品を引っぱり出した。胸が痛んだ。美咲を傷つけることになった写真展。老婆に変わってしまった美咲の姿が頭を過る。

「良い写真だ」

思わず「え？」と顔を上げた。

「願いが込められた良い写真だね」

「そんなこと……」

「朝倉君、君がここに面接を受けに来た日のこと覚えてる？」

「面接？」

「あのとき君が言った言葉、今も覚えてるかな？」

「いえ、緊張してたから……」と首を横に振った。

「どうして一度やめた写真をまたはじめようと思ったの？って訊いたら、君はこう答えた。『僕は、僕を変えてくれた人のために立派なカメラマンになりたいんです』ってね。正直、随分幼稚な答えだと思ったよ。それに動機も不純だ」

あの頃は美咲に相応しい男になりたいと思ってがむしゃらだった。彼女にまた会いたくて、なにがなんでも受かりたくて、だからそんなことを言ってしまったんだろう。

澤井はマグカップを傾けてコーヒーを飲むと柔らかく微笑んだ。

「僕は今まで広告写真だけを撮り続けてきた。僕の作品を見た大勢の人が、その商品を買いたくなるような写真を撮ろうと心がけて。だから誰か一人のために写真を撮ったことなんて一度もない。撮りたいとすら思わなくなっていた。でもね、君の話を聞いたとき、ふと思ったんだ。すごく個人的な動機を持つ君が撮る写真って、一体どんなものなんだろう……ってね。それを見てみたいと思った」

「だから雇ってくれたんですか？」

「まぁ、こんなにミスが多い人だとは思わなかったけどさ」

申し訳ない気持ちで床に視線を落とした。

「この写真を見て思ったよ。たった一人の誰かのために願いを込めて撮る写真も、案外悪くないんだなって」

「でも僕は――」晴人は呟いた。「これからどうしていいか分からないんです……」

僕が写真を撮る理由は美咲だった。美咲に相応しくなりたい。その想いで写真を続けてきた。彼女と別れてから自分の道を模索しようと思ったこともあった。それでも最後はやっぱり美咲のために写真を撮った。彼女を勇気付けたかった。でも僕の願いなんて結局ただの自己満足に過ぎなかったんだ。美咲を勇気付けるどころか、最後の最後で酷く傷つけてしまったのだから。そして彼女は死んでしまった。僕は写真を撮る資格も、理由も失くしてしまったんだ。

「朝倉君――」

澤井が静かに口を開いた。

「答えはファインダーの中にしかないよ」

「……え？」

「どれだけもがいても、のたうち回っても、僕らはファインダーの中で答えを見つけるしかないんだ」

真琴さんにも前に同じようなことを言われた。

——悩むからこそ写真を撮り続けたいと思うんだ。そうやって悩んで、迷って、苦しんだことも全部含めて、それが自分の作品になるって信じてるから……。

「……写真、続けてもいいんでしょうか？」

「それを僕に訊かれても困るなぁ」と澤井はくつくつと笑った。「でも僕は、君の写真をまた見たいと思ったよ」

澤井が肩を叩いた。

「君が願いを込めて撮った写真を」

そして澤井は帰って行った。一人残された晴人はデスクの上の自分の写真を手に取る。

冬空の下、ソメイヨシノが静かに佇んでいる写真。あの日、美咲と見上げた桜の木だ。

夜になっても風は暖かく、春がもうすぐそこまで近づいていることを肌で感じることができた。晴人は事務所から家まで歩いて帰ることにした。

夜の井の頭通りは交通量も少なく、ひっそりとした雰囲気に包まれている。静けさを裂くように時折車が通り過ぎると、タイヤの音が耳にこびりついた。コンビニの眩い光、パーキング脇でぽつんと佇む自動販売機、月は静かに雲を照らしている。光に満ちた夜を歩きながら、澤井に言われた言葉のひとつひとつを思い返していた。

アパートの近くまでやって来ると晴人は足を止めた。

向かいの公園。八分咲きのソメイヨシノが外灯に照らされて静かに揺れている。強い風が吹いて草木が擦れる音がする。そこに美咲の声が重なった。

――それで決めたんです。わたしもいつか誰かの髪を綺麗にしてあげたいって。お客さんに『自分って可愛いな』って思ってもらえる、そんな美容師になろうって。

桜の下で夢を話してくれた美咲。

もっと美容師を続けたかったはずだ。上手くなりたかったはずだ。自分の店を持って、たくさんの人を綺麗にしてあげたかったはずだ。彼女は毎日ハサミを手に、夜遅くまでカットマネキンに向かっていた。ショートカットが苦手で一生懸命練習を重ねていた。店長や先輩に怒られて落ち込むこともあったけど、それでもひたむきに努力を続けていた。それなのに僕は……。今の僕を見たら美咲はなんて言うだろう。すごく怒ると思う。呆れると思う。きっとあの日と同じ言葉を言うに違いない。

──うじうじしてないで、夢なら辛くてもなにがあってもカメラ続けなさいよ！　簡単に投げ出したりせずにさぁ！

夜の風に誘われて桜の花びらが静かに舞い落ちる。外灯の光に照らされた薄紅色の花は美しく、そして去年よりも儚げに見えた。まるで散りたくないと叫んでいるように晴人の目に映っていた。

その夜、すごく迷ったけれど美咲からの手紙を読むことにした。彼女が残してくれた最後の言葉にしっかり向き合うべきだと思った。でも手紙を手にした瞬間、傷口に冷たい風が吹きすさぶような痛みが奔る。あの日、彼女に気付けなかった罪の意識が胸を覆う。それでも晴人は手紙を開いた。

そして彼女が残してくれた最後の言葉に目を落とした。

晴人君へ

こんな風に手紙を書くの初めてだね。なんだかちょっと緊張するな。

写真展行かせてもらったよ。誘ってくれてありがとね。

ホントは外に出るのがすごく怖かったんだ。

人の目に触れるのが怖くて、自分が老いていることを実感するのが怖くて、長い間ずっと家に閉じこもってたの。

でも晴人君は、そんなわたしを外に連れ出してくれたね。

外に出たいって、そう思わせてくれたね。

久しぶりにお化粧して街に飛び出して、なんだか冒険みたいでドキドキしたよ。

ちょっと怖かったけど、それでも晴人君の誘いに乗って大正解だったな。

晴人君の写真、とっても素敵だったから。

これは恋人のひいき目じゃなくて、心からそう思ったよ。

一緒に歩いた四ツ谷の桜並木、並んで見上げた隅田川の花火、プロポーズしてくれた海。あの頃、晴人君の隣で見ていた景色をもう一度見ることができて、本当に嬉しかった。

わたしね、時間が流れていくのがずっと怖かったの。

自分の見た目や、置かれた状況がどんどん変わっていくことが怖かった。

どうしてわたしだけがって何度も何度もそう思った。

でも、変わらないものもあるんだね……。

晴人君の写真の中では、わたしはきみと同じ二十四歳でいられるんだね。

お互いの好きな物を話しながら桜の下を歩いたり、花火に隠れてキスをしたり、些細なおしゃべりをしていたあの頃のままでいられるんだね。

晴人君と見た景色は、あの日の思い出は、きっとこの先どれだけ時間が流れても変わらないんだね。過去は消えてゆくものじゃなくて、心の中に残り続けてゆくものなんだね。そう思うとすごく嬉しいな。

ねぇ晴人君……。

わたしはあの日、きみの耳たぶを切っちゃってよかったよ。きみが病院でデートに誘ってくれてよかったよ。また写真をはじめてくれてよかったよ。ほんの少しだったけど、晴人君と生きることができて本当によかった……。

晴人君はわたしに、たくさんの「よかった」をくれたね。

覚えてる？ いつか髪を切ってあげたとき言ってくれたよね。

あなたを好きになれてよかったって。

わたしもだよ。

わたしも晴人君を好きになれてよかった。

これからだってそうだよ。

ずっとずっとこれからも、わたしは晴人君のことが大好きです。


PS――。

今回は結局会えなかったね。

体調があんまりよくなかったから、写真を見てすぐに帰ることにしたんだ。

だからいつかまた会えることを楽しみにしてるね。
そのときは晴人君の写真もっともっと見たいな。
わたしは晴人君のファン一号だから。
これからも素敵な写真を撮ってね。
たくさんたくさん撮ってね。
ずっと応援してるからね。

晴人君　ありがとう

有明美咲

何度も何度もその手紙を読み返し、そして胸が苦しくて涙が溢れた。震えた字で書かれた手紙は痛々しくて、それでいてとても温かい。

気付かれなかったことに心を痛めていたはずなのに、それなのに美咲はそのことを黙って僕を勇気付けようとしてくれている。彼女の心を思うと自分が情けなくて、狂おしい後悔が心に雨を降らせた。

晴人は手紙を大事に抱きしめた。

僕は自分を許せない。きっとこれからもずっと許せないと思う。美咲を傷つけたことを、あのとき気付いてあげられなかったことを、ずっと悔やみ続けて生きていくと思う。だから僕は君を忘れない。絶対に忘れないから……。

僕が君を傷つけたことも、君と過ごした時間も、全部抱えて生きていく。どれだけ悩んで苦しんでも、のたうち回ったとしても、僕は美咲を想って写真と向き合っていく。命ある僕にできることは、もうそれしかないのだから。

＊

新しい春がやってきた——。

ある晴れた朝、晴人は新宿駅南口にいた。

今日、真琴がアメリカに渡る。高尾山に行ったとき彼女はアーティスティックな活動をしたいと言っていた。そのことをずっと澤井に相談していたようで、仕事を辞めてしばらく世界を回って自分の写真を撮ることにしたのだ。

空港へ向かう真琴を見送るために改札近くで待っていると、「朝倉君」とよく通る声が聞こえて振り返った。大きなスーツケースを手に彼女はやって来た。

「見送りなんていいのにさ」

「そんな、お世話になったので」

「そうだね。わたしたくさんお世話したもんね」

真琴はふふふと口元を押さえた。

「それに伝えたいこともあったので」

「伝えたいこと？」

「真琴さん、前に僕に言いましたよね。撮りたい写真が見つかったら教えてって」

「そうだっけ？」

「忘れたんですか？」

「うそ。覚えてるよ」

「それがなんなのか、分かったような気がします」

真琴は目を細めた。

「聞かせて？」

晴人は薄く微笑んだ。

「僕はこれからも美咲のために写真を撮ります」

その顔に迷いはない。真琴は小さく頷いた。

「美咲が僕の写真を見ることはもうないけど、それでも僕は、彼女が喜んでくれるような写真を撮り続けます。そんなカメラマンに、僕はなります……」

真琴が右手を差し出す。

「頑張れ、朝倉君」

笑顔でその手を握った。

「ありがとうございます」

「元気でね」

「真琴さんも」

そして真琴は改札の向こうに消えていった。

空を見上げて晴人は思う。今日は本当にいい天気だ……。

突き抜けるような青い空。日差しは優しく、風は歌うように柔らかい。長袖では汗ばんでしまいそうな陽気だ。

甲州街道のゆるやかな坂を下って新宿御苑へ向かう。あの日、美咲と歩いた道だ。

新宿御苑の入口は人で溢れていた。

皆、満開の桜を見に来たのだろう。

晴人は丸ノ内線に乗って四ツ谷を目指した。

電車を降りて桜並木に続く階段を上ると、その目に満開の桜が映った。風に揺れる花は空を泳ぐ薄紅色の雲のよう。鮮やかな景色に思わず目を奪われた。

その下では大勢の花見客が宴会に興じている。相変わらずの光景に少しだけため息が漏れてしまう。

春を謳歌する人々をすり抜けて歩いてゆく。

行き交う人は皆、幸せそうに桜を見て微笑んでいる。

歩きながら左隣に目を向けた。去年の今頃、そこには美咲がいた。晴人は誰もいない左を見て悲しげに笑った。

大きな桜の前で足を止める。美咲と見上げた桜の木。満開の花が風に揺られて笑うように咲いている。降り注ぐ花びらはまるで雪みたいだ。

晴人は桜を見上げながら左の耳たぶにそっと触れた。もう痛みのない彼女が残してくれた傷痕。そして、この木の下で微笑んでいた美咲の姿を思い出す。

彼女は桜のような人だった。笑うと薄紅色の花が咲くみたいに辺りの景色が明るくなって、見ている僕まで思わず笑顔になってしまう。いつもひたむきで、一生懸命で、この満開の桜のように僕の人生を鮮やかに彩ってくれた。そんな素敵な人だった。

もっともっと咲いていてほしかった。散ってほしくなんてなかった。一緒にまたこの桜を見たかった。でもそれはもうできない。この春の中を探しても、彼女はどこにもいないのだから……。

だから僕は春が来るたび君を思い出す。この桜を見て思い出すんだ。これからもずっとずっと忘れないように。傷つけたことも、一緒に過ごした時間も、その笑顔も、優しさも、全部全部忘れないように。君を写した写真は一枚もないけれど、それでもこの心に焼き付けていたい。

美咲、僕は君を忘れないために写真を撮り続けていくよ……。

晴人は肩に下げたニコンＦ３を構えてファインダーを覗いた。

薄紅色の花びらが南風に吹かれると、雲ひとつない空に桜の波が鮮やかに広がる。

見上げる人々の笑顔。その中に美咲の姿が見えた気がした。彼が好きだった桜のような恋人の姿が。でもそこに彼女はいない。もうどこにも……。

静かにシャッターボタンを押す。美咲に届くようにと願いながら。喜んでほしいと願いながら。ゆっくりと、心を込めて。

音を立ててカメラが風景を切り取る。

そして晴人は、美咲のいない新しい季節を写真の中に収めた。

集英社文庫

桜《さくら》のような僕《ぼく》の恋人《こいびと》

2017年2月25日　第1刷
2021年6月6日　第39刷

定価はカバーに表示してあります。

著　者　宇山佳佑《うやまけいすけ》
発行者　徳永　真
発行所　株式会社　集英社
東京都千代田区一ツ橋2-5-10　〒101-8050
電話　【編集部】03-3230-6095
【読者係】03-3230-6080
【販売部】03-3230-6393（書店専用）
印　刷　株式会社 廣済堂
製　本　株式会社 廣済堂

フォーマットデザイン　アリヤマデザインストア　　マークデザイン　居山浩二

ISBN978-4-08-745548-9 C0193